Pierrot et le village des fous

TOME 3 Zone infinie

La série Pierrot et le village des fous

En 1963, à la mort de son père, Pierrot Dostie, 12 ans, s'installe momentanément avec sa famille chez ses grands-parents paternels. Ceux-ci habitent Champvert, un petit village typique planté en bordure du fleuve St-Laurent, et peuplé de personnages bizarres et colorés.

Pierrot a tôt fait de se faire quelques amis parmi eux : Dan, Matawin, Alain et Marie-Hélène, avec lesquels il prend plaisir à se réunir pour résoudre les innombrables mystères qui planent sur Champvert, et pour vivre avec eux des aventures pleines de suspense et de rebondissements.

Mais un autre allié précieux et plein de zèle s'agite autour de notre jeune héros : il s'agit de Jules, le fantôme de son grand-oncle décédé en 1911, qui a aussi 12 ans et qui possède un sens de l'humour irrésistible... Pierrot et Jules sont secrètement liés par la mission du pays des Lumières, qui consiste à sauver 7 fois 77 âmes de mécréants.

Tout un défi !

En mémoire de ma mère,
qui m'a enseigné l'Imagination

L'espace d'une vie est le même,
qu'on le passe en riant ou en pleurant.

PROVERBE JAPONAIS

Prologue

Tant bien que mal, Pierrot Dostie talonna son petit-fils de onze ans à travers le dédale des stands et des manèges illuminés qui s'étendait sous leurs yeux. Le bruit et la musique de cette fête foraine étaient assourdissants et il sentait son cœur se révolter dans sa poitrine. Une foule exubérante et joyeuse eut cependant tôt fait de séparer le vieil homme de son protégé, et l'aïeul, éreinté, appuyé sur sa canne en bois blond, chercha à repérer le gamin dans la cohue multicolore.

— Grand-papa, arrête de lambiner ! cria soudain Casimir à pleins poumons, tout près de lui.

— Ah ! te voilà, toi ! s'exclama le vieil homme en se retournant. Il faudrait que tu me mettes une laisse pour ne pas me perdre ici ! Je crois que ma vue a un peu baissé dernièrement.

Casimir éclata de rire avant de lui prendre gentiment la main, vérifiant d'abord à la dérobade que personne ne le voyait :

— Je ne te perdrai pas de vue, le rassura-t-il, n'aie pas peur, grand-papa. Il nous reste encore huit billets. Tu veux faire un tour de grande roue ? Ça te reposerait un peu...

— D'accord, accepta Pierrot Dostie avec un sourire un peu las. Mais seulement à la condition que tu ne t'acharnes pas sur les manettes qui font tourner les cabines dans tous les sens.

— Promis, grand-papa ; ce sera seulement un tour pour se reposer. T'es vraiment super !

— C'est ce que je voulais t'entendre dire, mon garçon.

Ils s'installèrent côte à côte sur la banquette que leur désigna le contrôleur.

— Dis donc, elle est haute, ta grande roue ! siffla malicieusement le vieil homme en mesurant du regard la distance qui le séparait du siège qui se balançait au faîte du manège. Il faudra que tu me tiennes la main quand on sera en haut, hein ?

— Ne me fais pas accroire que t'as peur, ricana Casimir, impitoyable. Quand on a vu autant de choses bizarres que tu en as vues, on n'a plus peur de rien !

Puis, se penchant vers son grand-père, il lui demanda brusquement :

— Il est avec nous, Jules, en ce moment ?

— Tu vois la banquette vide juste au-dessus de nous ? chuchota Pierrot Dostie en lançant un coup d'œil vers le haut. Il est là et il fait tout plein de pitreries.

Quelle honte… il se prend vraiment pour un babouin, ce fantôme !

Le vieil homme secoua la tête d'un air navré et le garçon éclata de rire. Le manège s'actionna soudain et leur cabine se mit à monter. Ils admirèrent un long moment la vue magnifique du site de l'exposition agricole régionale, grouillant de visiteurs. Après quelques minutes, Casimir se tourna vers son grand-père :

— Raconte-moi l'histoire de ta canne de père Noël maintenant, le supplia-t-il, ses sourcils se rejoignant pour former un accent circonflexe.

— La canne de saint Nicolas ? reprit Pierrot Dostie en tapotant l'objet dont il ne se séparait plus. Je ne peux pas te conter ça, mon garçon, tu ne me croirais jamais !

— Tu me l'as promis, rétorqua amèrement le gamin. Et je te crois toujours, moi, quand tu parles ! Je ne suis pas comme papa…

Le vieil homme contempla le visage soudain sérieux de son petit-fils, éclairé par l'intelligence vivace de ses magnifiques yeux bruns aux longs cils. Un vent frais ébouriffait les cheveux noirs du gamin.

— C'est vrai que tu me ressembles bien plus que tu peux ressembler à ton père ! admit l'homme, qui se reconnaissait en Casimir comme s'il s'était admiré dans un miroir rajeunissant. D'accord, je vais te raconter l'histoire de cette canne, mais seulement le temps que durera notre tour de grande roue.

— Ce sera trop court ! se plaignit Casimir en faisant la moue.

Pierrot Dostie regarda fixement la cabine qui se balançait au-dessus d'eux et un rictus se forma aussitôt sur ses lèvres entrouvertes.

— Jules te fait dire que le manège ne s'arrêtera que lorsque j'aurai terminé mon récit, répliqua le vieillard en lui faisant un clin d'œil.

Et il raconta.

Chapitre 1
L'injuste piquet

Le village de Champvert, en ce doux matin de décembre 1963, se débattait contre les derniers soubresauts de sa première tempête de neige. Les enfants, qui désespéraient encore la veille de ne pouvoir s'ébattre sur un ring tout blanc à moins de deux semaines de Noël, étaient plus que choyés : ils avaient maintenant de la neige à mi-jambe et des projets de forts de glace qui s'échafaudaient à toute vitesse dans leur tête tandis qu'ils empruntaient le chemin de l'école.

À cette époque-là, mon petit Casimir, les écoles n'étaient pas soumises aux caprices de dame Nature, et je dus, après avoir pelleté un bon moment les marches et le perron de la maison de mon grand-père, courir pour rattraper mon ami Alain qui passait devant chez moi. Nous marchâmes sur ce que nous devinions être le trottoir de la Grand'Rue, calant à chaque pas jusqu'aux genoux. Une certaine excitation s'était emparée de nous à la vue de toutes ces voitures embourbées dans les entrées des maisons et nous riions des visages renfrognés des villageois qui pestaient contre la température.

— Regarde la Poulette avec son balai ! s'esclaffa Alain en me poussant du coude après une dizaine de minutes de cette marche chaotique.

Je levai les yeux vers la commerçante à bigoudis, qui, de l'autre côté de la rue, vêtue simplement d'une veste de laine enfilée sur sa sempiternelle robe à pois, s'acharnait furieusement à nettoyer le parvis et la devanture de son commerce sous les yeux hilares des passants. D'un grand geste, elle me fit signe d'approcher.

— On va rire, gloussa Alain en me poussant dans le dos pour me faire avancer plus vite.

— Veux-tu venir déneiger le stationnement après la classe, Pierrot ? me demanda la commère d'une voix mielleuse quand je me fus suffisamment approché d'elle. Je te paierai en chips et en chocolats.

— Je n'ai pas le droit d'en manger jusqu'à Noël, mentis-je en me souvenant de l'humidité des croustilles qu'elle m'avait offertes par le passé.

— Et si je te donnais cinq sous ? tenta-t-elle encore. C'est très bien payé.

J'étais perplexe. Madame Poulette essayerait encore de me soutirer des renseignements sur ma famille et je devrais une fois de plus surveiller chacune de mes paroles... J'hésitai encore en louvoyant entre les deux monstrueux bancs de neige qui bouchaient à eux seuls l'entrée du parking du commerce.

— Ça ne m'intéresse pas, madame, répondis-je catégoriquement, mais poliment.

— Petit effronté ! hurla aussitôt la marchande, insultée. Ça se permet de refuser du travail quand sa famille est sans le sou ! Espèce de petit ingrat ! Si c'est pas honteux ! Je vais le dire à ton grand-père, moi...

— C'est ça, c'est ça, vous le direz à qui vous voudrez, vieille commère ! rétorqua Alain en me tirant par la manche afin de m'éloigner du visage furibond qui devenait de plus en plus cramoisi.

Comme nous nous remettions en route en nous esclaffant une fois de plus (de nervosité, sans doute), une boule de neige fit tomber ma casquette. En me retournant, je vis Dan et son frère Matawin qui couraient dans notre direction.

— Venez voir, les gars, Séraphin a sorti son Pompon ! lança joyeusement Matawin en rebroussant chemin immédiatement et en nous faisant signe de le suivre.

Nous lui emboîtâmes le pas avec empressement jusqu'à l'église, devant laquelle un gros cheval de trait tirait une sorte de traîneau rouge muni d'une lame. Il s'affairait tant bien que mal à déneiger le trottoir au son des grelots attachés autour de son cou.

— Hue, Pompon, hue ! claironnait un petit homme grassouillet monté dans le traîneau, en dirigeant le cheval d'une main ferme.

Je restai interdit par ce spectacle qui semblait sortir d'un autre âge.

— Ben, dites donc, c'est pas trop évolué, Champvert ! m'exclamai-je malgré moi. On ne connaît pas ça les niveleuses et les camions, ici ?

— Pas pour les trottoirs, répondit Dan, nullement offusqué. On fait venir des charrues seulement pour déneiger les rues.

— Oui, parce que c'est la Voirie qui s'occupe des rues, m'expliqua Matawin. Mais pour les trottoirs, comme c'est la responsabilité du village et que le maire est un avaricieux...

— On ne l'appelle pas Séraphin pour rien, coupa Alain. Il paraît qu'il défend même à sa femme de manger !

Je compris que mon copain faisait référence au célèbre et radin personnage de télévision bien connu à l'époque, Séraphin Poudrier.

— C'est lui, Séraphin ? demandai-je en pointant du menton le petit homme corpulent qui dirigeait la charrue improvisée.

— Non. Lui, c'est le père Ovide, son colporteur officiel. C'est une vraie pie qui bavasse contre tout le monde et qui répète tout ce qu'il entend au maire. Mais tiens, en parlant du loup...

Un homme très laid à l'air particulièrement bourru, aussi mal vêtu qu'un clochard, se dirigeait à grands pas vers le père Ovide. Il avait les cheveux blancs et les yeux si cernés que je pensai qu'il n'avait pas dormi depuis un mois. Passant tout près de nous, il fronça les sourcils en nous montrant sa montre d'un index sévère, puis nous chassa d'un signe de pouce en direction de l'école. Apeurés, nous nous éloignâmes rapidement alors qu'il se mettait à invectiver son homme de main.

— Sale caractère, fit Alain.

— Sale bonhomme, approuva Daniel.

Après avoir largué Matawin au collège des Frères (car à partir de la huitième année on changeait d'école, à Champvert), nous arrivâmes dans une cour de récréation totalement désertée ; la cloche avait déjà sonné.

— Ça y est, on va faire du piquet ! gémit Dan.

Faire du piquet, c'était la punition infligée aux retardataires. Les malheureux devaient rester debout au beau milieu de la cour, sans bouger ni parler, pendant un très long moment, sous l'œil curieux des élèves qui les épiaient de la fenêtre de chacune des classes. C'était, à vrai dire, une humiliation presque suprême.

Toutefois, à notre grand soulagement, nous eûmes plutôt droit à un accueil mitigé de la part de notre enseignante tandis que, sur la pointe des pieds, nous intégrions sa classe de cours presque aussi vide qu'une cage à lapins ouverte. Tandis que je gagnais mon pupitre, Marie-Hélène, à l'opposé de la classe, s'étira le cou et me lança un sourire vague, à peine esquissé.

— Encore trois autres ! s'exclama sœur Éliotte en cochant nos noms sur sa liste de présences. À ce rythme-là, mes enfants, nous perdrons notre avant-midi ! Tous les chemins de rang sont bloqués par la neige et il me manque encore quatorze écoliers. Cependant, comme je n'ai pas le droit de vous retourner à la maison...

Elle secoua la tête d'un air que je devinais faussement découragé, en balançant sa cornette pointue avec résignation. Je vis soudain ses yeux briller derrière le verre de ses petites lunettes rondes.

— Je n'aurai pas le choix, continua-t-elle malicieusement. Je devrai vous faire travailler vos arts plastiques tout l'avant-midi et doubler votre période de récréation !

Un brouhaha joyeux s'éleva aussitôt parmi nous en signe d'acquiescement. Notre enthousiasme, telle une clameur diffuse d'armistice, perdura jusqu'à la récréation, où nous nous éparpillâmes aux quatre coins de la cour. Nous retrouvâmes chacun notre groupuscule.

Dan, Alain et moi occupions depuis quelques minutes le secteur que nous avions implicitement réservé depuis le début de l'année scolaire, au fin fond de la cour, lorsque des cris suraigus et apeurés nous écorchèrent les oreilles. Nous étirant le cou, nous constatâmes que trois grands efflanqués s'amusaient à narguer deux filles. L'une d'elles, que je crus reconnaître comme étant la jeune sœur de Marie-Hélène Larose, était si blonde qu'elle en avait les cheveux presque argentés.

— Dis donc, me souffla Alain, tu ne m'avais pas dit que Gaston avait changé d'amis depuis l'histoire de Jules ?

Je fronçai les sourcils de mécontentement, réalisant que l'un des colosses n'était, en effet, nul autre que Gaston Laflamme. Il se tenait cependant peureusement à l'écart de ses deux acolytes, qu'il n'osait ni contredire ni raisonner. Le plus grand, un garçon au crâne rasé, au visage rond et aux larges narines aplaties, arracha une bague du doigt de la petite Larose et poussa la malheureuse violemment sur le sol. La fillette tomba assise sur l'asphalte déneigée par le vent, où elle se mit à geindre.

— Gang de lâches ! m'écriai-je en accourant aussitôt, suivi de mes copains. Laissez donc les filles tranquilles !

— Tiens, Pierrot-le-bébé à la rescousse ! Pierrot ! Bébé ! se moqua aussitôt le garçon en persiflant.

Comment connaissait-il mon nom, lui, moi qui ignorais tout du sien ?

— Pierrot a raison, tenta faiblement Gaston en se rapprochant de lui, laisse-la donc tranquille, Quintal.

— Redonne-moi ma bague, Ti-Cochon ! hurla la fillette, qui s'était relevée avec l'aide de son amie et qui brandissait maintenant sa paume ouverte vers son tortionnaire.

— Comment tu m'as appelé ? Comment ? cria furieusement Quintal en fondant sur elle.

Je m'interposai aussitôt entre Ti-Cochon et la fillette :

— Bats-toi donc contre quelqu'un de ta force ! cinglai-je en le repoussant fermement.

Je le vis alors lever le poing et, sans trop comprendre comment, je me retrouvai assis par terre, la joue et l'œil en feu.

— Ça t'apprendra à te mettre contre moi ! rétorqua-t-il en faisant tourner lentement la bague dorée à fausse pierre verte autour de son index.

— Qu'est-ce qui se passe ici ? s'écria sœur Éliotte en surgissant dans son dos. Comment ? Je vous prends à vous battre ? Il y a des règlements dans cette école ! Suivez-moi tous les deux.

— Mais, Sœur Directrice, c'est Denis Quintal qui a commencé, plaida ma protégée. Pierrot m'a seulement défendue contre lui...

— Je ne veux pas savoir, Béatrice.

Faisant la sourde oreille aux protestations qui fusaient à mon endroit, sœur Éliotte nous empoigna chacun par le bras, Quintal et moi, nous traînant jusqu'au milieu de la cour, où elle nous accula dos à dos. Mon œil était maintenant si enflé que j'avais peine à l'ouvrir, mais l'autre me suffisait amplement pour constater que tous les élèves de l'école s'étaient rassemblés autour de nous en nous scrutant comme si nous avions été les pires criminels du pays.

— Je désapprouverai toujours les actes de violence dans mon école, décréta sœur directrice d'une voix forte. Vous ferez du piquet jusqu'au dîner, tous les deux. J'aviserai ensuite vos parents de votre déplorable conduite.

Les élèves se mirent en rangs, garçons d'un côté, filles de l'autre, puis s'éclipsèrent un à un à ma vue réduite. Nous nous retrouvâmes bientôt seuls, Denis Quintal et moi, dans la cour abandonnée.

— Tu ne perds rien pour attendre ta prochaine beigne, Pierrot-le-bébé, maugréa mon ennemi entre ses dents.

J'étais bien content qu'il ne vît pas la larme de rage et de dépit qui coulait sur ma joue brûlante.

— Ti-Cochon, c'est parce que tu es laid, ou parce que tu pues ? rétorquai-je, dare-dare.

Il ne faut jamais mordre un chien qui vient de te mordre, Casimir. Et encore moins un cochon.

Chapitre II
L'explication

En rentrant à la maison, mes délicates narines captèrent sur-le-champ une odeur étrangère, dans laquelle se mêlaient effluves de pivoines et relents de transpiration. Tout en accrochant mes vêtements, j'avisai aussitôt au fond de la garde-robe la paire de bottines noires à fermeture éclair et le manteau à carreaux qui y étaient rangés, puis je tendis l'oreille, intrigué. La voix de grand-maman me parvenait, consolante et un peu traînante, comme enveloppée de pleurs et de reniflements qui n'étaient pas les siens. Mon cœur se serra aussitôt à la pensée de maman qui sanglotait, mais je reléguai instantanément cette pensée quand j'entendis une voix outrée retentir dans mon dos :

— Alors, Pierrot Dostie, c'est à cette heure que tu rentres ? Il est presque cinq heures ! cingla maman.

Je me retournai. Mains sur les hanches, elle me dévisageait d'un air furieux. Comme je ne répondais rien, elle me saisit le menton pour mieux examiner mon visage à la lumière du plafonnier :

— Un œil au beurre noir, à présent ? Ah ! c'est du joli !

Puis, baissant le ton en reluquant du côté du petit boudoir, elle fronça les sourcils :

— Tu es chanceux que ta grand-mère ait de la visite, continua-t-elle, je ne peux pas te faire la scène que tu mérites. Sœur Éliotte m'a téléphoné pour me mettre au courant de ton ignoble conduite. Suis-moi dans la cuisine, mon garçon, tu as des explications à me donner…

Je baissai la tête et j'obéis. En l'occurrence, il ne m'aurait servi à rien de tenter de me justifier tant que ma mère ne se serait pas calmée. Grand-papa, silencieux, était assis à la table comme s'il m'attendait aussi, et il me dévisagea d'un air courroucé quand je m'y installai à mon tour. Il se leva ensuite afin de vaquer bruyamment au comptoir de la cuisine. Pour m'encourager, je me dis que ce n'était qu'un mauvais moment à passer. C'est ce qu'avait l'habitude de me répéter mon père quand tout allait de travers.

— La directrice t'a suspendu deux jours parce que tu t'es battu, annonça maman, toujours furibonde. Qu'est-ce que c'est que cette histoire ?

— C'est même pas vrai que je me suis battu ! explosai-je. J'ai seulement défendu une fille contre Denis Quintal et je…

— Veux-tu insinuer que sœur directrice est une menteuse ? interrompit férocement ma mère.

Sans crier gare, grand-papa m'appliqua sur l'œil une bouillotte remplie de glaçons :

— Chacun a droit à une défense pleine et entière, ma bru, dit-il calmement. Si nous laissions Pierrot s'expliquer.

Maman le toisa avec surprise, avant d'opiner d'un léger hochement de tête :

— Bon, bon, d'accord, murmura-t-elle, résignée.

Je repris donc mon récit et, cette fois-ci, leur racontai ma mésaventure de fond en comble, sans omettre le moindre détail. Ils surent enfin tout ce qui s'était passé dans la cour de récréation. Ils arboraient à présent un sourire de soulagement dans lequel perçait une certaine fierté, pour ne pas dire une fierté certaine. On aurait dit deux coqs de combat qui auraient échappé à la rôtissoire à cause d'une victoire de fin de match. Maman, néanmoins, s'efforçait de rester furieuse afin de sauvegarder avec orgueil son autorité fautive. Elle substitua cependant sa victime.

— Cette sœur Éliotte ! Veux-tu bien me dire ce qu'elle a à vouloir te punir à tout prix ? On croirait qu'elle fait exprès pour te chercher des poux !

— Tu ferais bien de lui téléphoner immédiatement, approuva grand-papa. Il n'y a pas de raisons pour que

Pierrot soit suspendu de l'école. Dis-moi, mon garçon, ce grand flanc-mou de Quintal a-t-il cherché à te faire des misères après l'école ?

Je hochai la tête avec délectation, trop heureux d'être enfin défendu et plaint.

— J'ai dû faire un grand détour pour revenir à la maison, gémis-je, car il m'avait promis un autre coup de poing. C'est pour ça que je suis arrivé tard.

— Tel grand-père, tel petit-fils ! Eh bien, il l'aura voulu ! décréta-t-il. Moi aussi j'ai un petit téléphone à faire… quand on pense que son grand-père m'a déjà donné une raclée quand j'avais ton âge...

— Quoi ? répétai-je, éberlué, une raclée ? À toi, grand-papa ? Et tu l'as battu, j'espère, hein ?

Ma mère décocha à mon aïeul un regard meurtrier. Il se reprit, toussota, et replaça sur le haut de mon visage le sac de glaçons auquel je n'accordais plus grande attention.

— Je ne m'en souviens plus, mentit le vieil homme. On a toujours tort de répliquer à la violence par la violence d'ailleurs, n'est-ce pas, Simone ? Tu veux d'abord téléphoner, ma bru ?

On m'envoya dans ma chambre sous prétexte que je devais commencer mes devoirs mais je savais bien, moi, qu'ils ne voulaient pas que j'entende la conversation qu'ils auraient avec leurs interlocuteurs.

Je traînai le plus possible avant de monter à l'étage dans l'espoir de capter quelques bribes du premier entretien téléphonique. Cependant, alors que j'avais résolu d'aller espionner plutôt la cuisine par la trappe de ventilation de la chambre de maman, je tombai nez à nez avec la servante du curé, dite la Fouine, que grand-maman reconduisait à l'entrée. Je reconnus la femme laide, aux cheveux noirs coupés en balai et aux lunettes à monture noire et pointue, pour l'avoir entrevue voilà un mois sur le portique du presbytère. Je m'écartai pour la laisser passer. Elle renifla, les yeux rougis de pleurs, en considérant gravement mon œil au beurre noir.

— Pierrot, viens dire bonjour, ordonna ma grand-mère en m'empoignant le bras pour éviter que je ne me sauve.

— Bonjour, madame, fis-je d'une voix molle et traînante.

— Quel beau garçon ! dit la Fouine en omettant volontairement de me questionner sur mon ecchymose, que grand-maman découvrait elle-même avec horreur.

D'une main ferme, ma grand-mère m'éloigna pour refermer la porte vitrée sur elles, mais je me tapis contre le mur adjacent afin de capter les derniers mots d'une conversation qui promettait d'être aussi captivante que la rougeur des yeux de la Fouine.

— Ne te fais pas de bile avec les commentaires désobligeants du curé, conseilla grand-maman. C'est un gros ours mal léché qui n'a aucune délicatesse. Et, de grâce ! cesse d'aller lui raconter tous les cancans que tu entends au village...

— J'étais dans mes droits, Aglaé ! se défendit la Fouine. C'est trop honteux d'ignorer que la mère Quintal s'affiche ouvertement avec le curé du village voisin.

Tiens, tiens, pensai-je aussitôt. *La mère Quintal, ce ne serait pas la mère de Ti-Cochon, ça, par hasard ?*

— Tu auras fait ton devoir, admit grand-maman. Tant pis pour lui, alors.

— Imagine-toi qu'en plus il voudrait que je travaille gratuitement à l'hospice pour vieillards qu'il veut ouvrir dans l'ancien presbytère. C'est que j'ai besoin de tous mes sous, moi !

La Fouine partit alors d'un énorme éclat de rire, semblable au piaillement d'une poule qui aurait sillonné les montagnes russes. Cette cascade désopilante et monstrueuse de sons ne s'arrêtait plus.

•

Jules était là qui m'attendait, assis sur le plus haut matelas du lit à étages, les pieds ballants dans le vide. Je résolus farouchement de l'ignorer, m'empressant de fixer mon regard sur un autre point précis de la chambre et m'occupai à fouiller mon sac d'école à la recherche de mon cahier de devoirs.

— Eh, Pierrot, je suis là ! s'insurgea-t-il bientôt en faisant de grands gestes.

Je continuai de faire la sourde oreille, m'appliquant à soigner ma calligraphie boiteuse, retranscrivant la date en grandes lettres, tout en haut de ma page vierge. Je vis mon spectre sauter par terre et se planter devant moi, l'air inquiet.

— Dis donc, Pierrot, tu fais exprès de ne pas me voir, n'est-ce pas ?

Je ne répondis pas, me levai et fonçai à travers lui, à la recherche d'une gomme à effacer qui se trouvait de l'autre côté de la chambre. Un froid intense me piqua le visage ; je me mordis la lèvre pour ne pas éclater de rire.

Il n'y a pas de pire sentiment pour un fantôme que celui de se croire transparent, Casimir. Mon copain devint livide, puis sa lèvre trembla un peu, comme s'il était sur le point de pleurer. Il se mit à asséner des coups de poing sur le mur en m'observant avec angoisse, provoquant un vacarme qui ameuta mon grand-père.

— C'est pas bientôt fini, tout ce tapage ? cria mon aïeul du bas de l'escalier.

N'y tenant plus, je m'esclaffai :

— Idiot ! laissai-je tomber en regardant Jules dans les yeux. Comment veux-tu que je ne te voie pas, avec tes simagrées ?

Il me considéra durement, vexé mais soulagé :

— Ça, c'est méchant, Pierrot. Pourquoi tu m'as fait ça ?

— Et toi, pourquoi tu ne t'es pas pointé avant, hein ? lui reprochai-je. Pas de danger que tu sois intervenu au moment où Ti-Cochon me décochait son coup de poing au visage !

— J'aurais bien voulu t'aider, mais ton ange gardien m'en a empêché, répliqua vivement Jules. Il m'a dit : « En cas de danger seulement. »

— Et c'est pas un danger, ça, une beigne de Quintal ?

— C'est pas un danger mortel.

— Pfff..., éludai-je en haussant une épaule de dépit et en tentant de m'absorber à nouveau dans mon devoir.

— Tu n'es pas pour me bouder, quand même...

— Ben non, tu sais bien, ricanai-je. Aide-moi plutôt à faire mon satané devoir de français, tiens.

— Profitons-en aussi pour planifier notre prochain sauvetage d'âme, répondit-il d'un ton joyeux. Le Maître des Lumières nous conseille de choisir la mère de Gaston comme prochain sujet.

— La cocotte de Champvert ? T'es pas un peu fou ?

— Tais-toi, Pierrot...

— Pas question que j'aide la mère de Gaston. Il m'a défendu contre Quintal, lui, peut-être ?

— Chut, je te dis.

— Je n'ai plus le droit de parler, maintenant ?

— Voyons, Pierrot, personne ne t'a jamais empêché de t'exprimer dans cette maison, fit une voix grave dans mon dos.

Je tressaillis et me retournai d'un seul bond pour faire face à grand-papa qui me fixait d'un air à la fois perplexe, inquiet et chagriné.

— Je t'avais bien dit de te taire, maugréa Jules en hochant la tête.

Le vieil homme, qui ne voyait évidemment pas mon spectre, s'approcha de moi, m'entourant les épaules d'une main protectrice :

— Ça ne va pas du tout, hein, mon garçon ? soupira-t-il. Je crois bien que la mort de ton père te chavire un peu les sens et que tu t'es inventé un ami imaginaire. Peut-être t'ennuies-tu aussi de ton ancienne maison et de tes vieux copains ? Nous irons voir le docteur, demain. Il pourra peut-être t'aider, lui.

Ça y est, je suis bon pour l'asile ! pensai-je en imaginant avec angoisse la camisole de force qu'on m'enfilerait bientôt.

Mon grand-père m'attira contre lui. C'était la première fois qu'il me serrait dans ses bras. À quelque chose, malheur est bon, Casimir. N'oublie jamais cela.

Chapitre III
Théo

Le médecin se leva, signal que la consultation qu'il nous accordait était terminée.

Grand, mais arborant une petite barbe courte, l'homme en blanc avait des yeux d'un bleu profond qui semblaient chercher sur mon visage quelque indice qui étofferait son diagnostic. Il replaça lentement le stéthoscope qui pendait à son cou.

— Votre fils ne semble souffrir d'aucun trouble de la personnalité, madame, conclut-il. Le simple fait pour Pierrot de s'être créé un ami imaginaire ne démontre pas qu'il est atteint d'un déséquilibre mental, au contraire : c'est une réaction des plus normales pour contrer le stress provoqué par le décès de son père.

— Le stress ? répéta ma mère, entendant le mot pour la première fois.

— Oui, répondit-il en contemplant malgré lui, un bref instant, la femme si jolie assise en face de lui. Stress est un nouveau terme pour décrire la réaction de quelqu'un devant un fait traumatisant.

Il se reprit et toussota :

— Je disais donc qu'il n'y a pas lieu de s'inquiéter outre mesure. Je vous conseille toutefois de lui donner chaque jour un peu d'huile de foie de morue pour lui renforcer le système. Le temps arrangera les choses, tout rentrera dans l'ordre et l'ami imaginaire disparaîtra aussi subitement qu'il est apparu.

Maman me tira par la main, me contraignant à m'arracher à l'analyse du crâne humain qui trônait derrière l'homme de sciences, tout en haut de la bibliothèque médicale.

— Merci, docteur, dit-elle avec soulagement en sortant du cabinet.

— À bientôt, chère madame, répondit-il d'un ton courtois.

Comme il refermait la porte sur nous, je me retournai vers lui, échappant quelques secondes à la poigne maternelle :

— J'ai *vraiment* un ami invisible, docteur, articulai-je fortement.

— Mais oui, mon jeune ami, au revoir, répondit le médecin en me poussant pour mieux me fermer la porte au visage.

— Au revoir quand même ! eut-il la stupéfaction d'entendre encore, une fois seul dans son cabinet.

Le médecin vit alors la porte de cuir brune capitonnée s'ouvrir toute seule puis se refermer à nouveau brusquement, comme si quelqu'un l'avait claquée.

En sortant de la clinique, comme par hasard (du moins, ma mère le crut-elle), nous tombâmes sur mes copains Dan et Alain qui revenaient de l'école.

— Je peux aller jouer avec eux ? demandai-je aussitôt.

— Pourquoi pas, mon chéri, répondit maman. Après tout, tu n'es pas malade, mais sois à l'heure pour souper. Moi, je dois aller chez le boucher chercher mon jambon. À tantôt !

Elle traversa la rue vis-à-vis la grande enseigne sur laquelle on pouvait lire le slogan « Boucherie Larose, pour bien vous servir, on ose. »

— Quatre heures pile ! Plus chronométré que ça, tu meurs ! fit Alain qui, en me voyant arriver au pas de course, avait surveillé l'aiguille trotteuse de sa montre toute neuve.

— Tu veux dire deux heures moins dix, s'esclaffa Daniel en braquant le menton en direction d'une femme, sur le trottoir d'en face, qui se dirigeait d'un pas nerveux vers la boucherie.

Elle avait la tête penchée sur l'épaule à quarante-cinq degrés et son visage me rappela aussitôt la lugubre tête de porc en assiette que le boucher exposait encore dans sa vitrine la semaine dernière avec un chapelet de saucisses. Il ne lui manquait qu'une pomme entre les dents...

— Deux heures moins dix ? fis-je en retroussant ma lèvre supérieure sur une moue interrogatrice.

— C'est Torticolis chronique, chuchota Alain à mon oreille. Regarde : sa tête indique deux heures moins dix de ce côté-là du trottoir ; quand elle repartira, de l'autre côté, elle indiquera deux heures et dix.

— La réunion chez vous tient toujours ? demandai-je à Dan pour changer le sujet de la conversation, qui avait pris une tournure complètement idiote.

— Oui. On a invité un nouveau qui veut être repêché dans notre club.

— Qui, ça ? fis-je, offusqué de ne pas avoir été consulté.

— T'inquiète pas, tu seras d'accord, dit Alain après avoir bruyamment éternué.

— Je vous interdis de lui parler de Jules, cinglai-je.

De forts éclats de voix nous firent soudain tourner la tête en direction de la boucherie. J'eus honte de constater que c'étaient ma mère et Torticolis chronique qui se crêpaient mutuellement le chignon sous l'œil terrifié de monsieur Larose. Se crêper le chignon, Casimir, ça veut dire se disputer.

— Je vous en prie, mesdames, calmez-vous ! clamait le boucher qui, du palier de son commerce, joignait les mains d'un ton suppliant.

— Si vous pensez que je vais me faire insulter sans réagir, s'écria maman. C'est votre fils, madame, qui est un petit voyou, pas le mien !

Puis, se tournant vers le boucher, elle continua :

— C'est un bagarreur et un voleur, oui ! Il a volé la bague de votre fille, monsieur Larose, et vous êtes trop poli pour le dire à cette dévergondée !

— Une pacotille, cette bague, gémit le boucher. N'en parlons plus et oublions tout ceci...

— Dévergondée, moi ??? hurla Deux heures moins dix.

— Quand on se promène main dans la main avec un prêtre, madame, et qu'on est mariée...

— Elle a un sacré caractère, ta mère, ricana Dan en quittant les lieux. La Quintal ne l'a pas volé. Son fils peut bien avoir un caractère de cochon.

— Fais-toi pas de sang de cochon, Pierrot, ajouta Alain. On prend pour ta mère, pas pour ce vieux boudin !

— Ça va, les gars, j'ai compris le jeu de mots... Attention !

Je poussai violemment mes amis afin d'éviter qu'ils ne se fassent emboutir par le cycliste qui prenait le trottoir glacé pour une piste de course.

— Tu peux pas regarder où tu vas, Théo ? hurla Dan à s'en défoncer les poumons.

— J'ai vu le renne au nez rouge ! J'ai vu le renne au nez rouge ! psalmodia d'un filet de voix rauque, quasi asthmatique, l'individu de quarante ans en retournant la tête vers nous tout en continuant à pédaler.

Il mesurait au moins un mètre quatre-vingts et était bâti comme une armoire à glace. Il louchait affreusement.

— Il est encore saoul, nous avertit Alain en hochant la tête. Et il est agressif quand il est saoul. Plus un mot, les gars.

•

La blonde Marie-Hélène était plantée devant chez Dan et semblait guetter l'autobus. L'ennui, c'est qu'il n'y avait pas d'autobus local, à Champvert.

— Qu'est-ce qu'elle fait là, celle-là ? demandai-je sur un ton suspicieux.

— Elle nous attend, répondit avec assurance Matawin, qui nous avait rejoints il y avait à peine quelques minutes.

Mon ancienne ennemie nous fit un grand sourire en nous apercevant. D'une main ferme, j'immobilisai immédiatement Matawin puis le dévisageai, hébété :

— Tu vas pas me dire que le nouveau membre, c'est *elle* ?

— T'as tout compris.

— Pas une fille ???

— Chut, triple buse, elle va t'entendre ! marmonna-t-il, furieux.

— Salut ! lança Marie-Hélène en s'approchant de nous.

Nos yeux se rencontrèrent une fraction de seconde. Avant de me perdre dans l'azur des siens, je m'empressai de regarder mes pieds. J'étais coincé entre l'admiration que je vouais à cette fille depuis l'histoire de Fleurestine[1] et le sexisme dont j'avais hérité de mes mâles aïeuls et que je m'efforçais de perpétuer. Cependant, en des moments pareils, les filles font toujours preuve de plus de psychologie que les garçons.

— Je veux te remercier, Pierrot, susurra-t-elle. Tu as été si courageux de défendre ma sœur contre ce crétin de Quintal !

---

[1] Voir *Pierrot et le village des fous : Les têtes coupées*, chez le même éditeur.

— Toi aussi, tu es courageuse d'avoir bravé Popeye l'autre jour, répondis-je en rougissant.

— J'ai justement apporté du sucre à la crème que Fleurestine a préparé avant de partir pour aller voir son docteur, à Boston.

Elle me mit le petit sac de papier brun dans les mains.

Alors que nous franchissions la porte des Charrette (c'est-à-dire de la maison de Matawin et de Dan) et que l'indéfectible odeur de crotte du paternel m'assaillait de nouveau les narines, je vis mes copains se lancer un sourire entendu : je ne pourrais plus m'opposer à l'admission d'une fille dans le club maintenant que je l'avais moi-même louangée. Après nous être déchaussés, nous nous empressâmes de traverser la cuisine encombrée mais déserte et de descendre directement dans la cave à patates, haute d'un mètre, où nous nous installâmes tous autour de la table boiteuse.

Puisque le kiosque de grand-papa n'était pas chauffé, il était devenu impossible d'y tenir nos réunions et il avait bien fallu nous rabattre sur un autre lieu, aussi inhospitalier soit-il. Je dus malgré moi convenir de l'amabilité du père Charrette qui, contrairement à grand-papa, avait accepté sans maugréer que sa maison devienne le repaire des copains de ses fils.

Je trouvai ridicule l'idée que Matawin avait eue de prendre les présences, qu'il faisait ensuite consigner par son frère, mais n'osai souffler mot et mordis silencieusement dans mon sucre à la crème.

— Quel est le sujet de notre prochaine mission ? demanda Dan en inscrivant la date de la réunion dans le calepin à spirale que nous avait offert le cyclope.

Chacun se creusa la cervelle pendant de longues minutes, savourant tout à loisir l'onctuosité des friandises préparées par Fleurestine.

— Empêcher Théo de nous tamponner avec son vieux vélo, peut-être ? proposa soudain Alain.

— Es-tu malade ? s'insurgea Dan. Il va encore nous courir après pour nous donner des coups de pied au derrière.

— C'est un fou, déclara Alain. Il a des hallucinations et il voit le renne au nez rouge à présent !

— Moi, il me fait peur, murmura Marie-Hélène. Ma sœur Béatrice m'a dit que ça fait deux fois qu'il la suit, après l'école. Elle a peur qu'il lui saute dessus.

— Il va au Coquerelle-Bar tous les jours pour boire, renchérit Matawin. Il ne faudrait pas qu'il commence à s'en prendre aux enfants. On doit faire quelque chose. Et toi, qu'en penses-tu, Pierrot ?

Ils se tournèrent tous d'un même mouvement vers moi, qui n'avais pas encore ouvert la bouche, sauf pour manger. Pour être écouté, Casimir, il n'y a rien de tel que d'économiser sa salive la plupart du temps. C'est généralement interprété par nos pairs comme un signe de sagesse. En réalité, cependant, j'avais l'impression d'avoir le cerveau qui baignait dans le coton, tellement j'avais la tête vide. J'avalai lentement ma dernière bouchée de sucre à la crème, cherchant désespérément une inspiration qui pourrait sauver mon honneur en présence de Marie-Hélène.

— C'est le moment où jamais d'aider la mère de Gaston, plaida soudain Jules, qui était assis en face de moi sur une caisse vide et qui pianotait depuis un moment sur la table en m'observant.

— Non ! éructai-je.

— Il parle à qui, là ? demanda Marie-Hélène, en me fixant d'un regard incrédule.

— Pierrot se parle toujours tout seul au moment d'avoir une idée géniale, mentit Matawin, qui avait deviné que je m'adressais à mon fantôme.

Mes autres copains firent chorus et opinèrent vivement.

— Bon, soupirai-je. On pourrait peut-être se rendre au Coquerelle-Bar un soir après l'école pour vérifier les allées et venues de Théo et interroger quelques témoins…

— Excellente idée ! s'exclama Marie-Hélène avec enthousiasme. Nous devrons nous assurer que personne n'a vu Théo seul avec des enfants. Tu es génial, Pierrot.

Je lui rendis un sourire forcé.

J'étais furieux, Casimir. Je me sentais comme le corbeau de la fable qui, après une pluie de compliments, s'apprête à laisser tomber le fromage, sachant pertinemment qu'il n'a pas d'autre choix que celui de se laisser avoir s'il veut que l'histoire continue.

Chapitre IV

La fosse au cochon

Il avait fait si froid depuis la fin novembre qu'une glace inégale et épaisse abriait à présent les eaux du fleuve, tel un édredon un peu effiloché. De temps en temps, on voyait passer le brise-glace Iberville, auquel il incombait de creuser un chenal bien propre à travers la banquise envahissante.

Peut-être parce qu'ils n'étaient pas vus des maisons à cause de la falaise escarpée, plusieurs enfants avaient converti la plage enneigée en terrain de jeux hivernal. J'étais du nombre. J'embrassai d'un regard extasié le magnifique panorama qui s'offrait à moi, le fleuve se confondant avec le ciel à perte de vue, aussi parsemés l'un que l'autre de franges duveteuses et effilées.

— Tu viens, ou quoi ? me cria avec impatience Camille, cinq mètres plus bas, un grand carton coincé sous le bras.

Plissant l'œil, j'avisai au loin un pêcheur solitaire qui s'était aventuré dangereusement loin sur les glaces et qui y perçait un trou à l'aide d'un vilebrequin.

On dirait Théo, pensai-je en reconnaissant la vieille bicyclette déposée sur la neige, à ses côtés.

Et je poursuivis ma descente abrupte à la suite de ma sœur, qui m'attendait déjà à mi-pente. Nous n'aurions pas pu glisser à partir d'en haut sans risquer de nous rompre les os tellement la pente était raide. Le vent du nord qui me fouettait le visage m'extirpa quelques larmes que j'essuyai d'un revers de mitaine, mais je ne sentais pas autrement le froid. J'avais revêtu mon ensemble de neige une-pièce en nylon brun dont maman avait rapiécé les genoux, et j'aurais pu, si je l'avais voulu, jouer jusqu'entre chien et loup (c'est-à-dire jusqu'au coucher du soleil) sans même grelotter.

Dans mon enfance, Casimir, l'argent était une denrée rare et on avait pris l'habitude de glisser sur la neige avec de grands cartons découpés dans des boîtes d'épicerie. Je m'installai donc derrière Camille, l'empoignant par la taille, tout en donnant un vigoureux élan avec mon pied. La pente était si à pic, en vérité, et le vent si fort que nous restâmes suspendus dans les airs pendant de longues secondes, émerveillés par ce qui nous arrivait. Nous eûmes la très nette impression de voguer sur un tapis volant, soudain coupés de tout bruit ambiant, comme si le temps s'était arrêté pour nous. Perplexe, je reconnus cette sensation d'irréalité vaporeuse, que j'avais éprouvée lors de mon dernier passage au pays des Lumières, et doutai subitement de son angélique provenance. Puis, lentement, un peu comme si l'action se passait au ralenti, notre carton atterrit doucement au bas de la pente trop raide, où nous retrouvâmes l'ouïe aussi subitement que nous l'avions perdue.

Ma sœur se retourna vers moi, abasourdie :

— Je n'ai pas rêvé, hein, Pierrot ? On glisse encore, d'accord ?

— Glisse toute seule si tu veux, mais pas un mot à personne de tout ça, sinon on va te prendre pour une idiote, répondis-je froidement tandis que Jules s'esclaffait de son gag. Moi, je n'ai rien vu, rien entendu.

Et, sans aucun égard pour ma grande sœur, je me levai promptement en la plantant là pour aller rejoindre mes amis Alain et Dan qui s'amusaient un peu plus loin. Il n'y avait rien de très réjouissant à jouer avec sa sœur quand on pouvait faire autrement...

— Je voulais te donner un avant-goût du bien-être qui t'attend si tu réussis le sauvetage de la mère de Gaston, expliqua Jules pour se faire pardonner.

— Camille n'a rien à voir là-dedans, répliquai-je en feignant d'être fâché.

Alain, Dan et moi observâmes Matawin un long moment. Avec d'autres de ses copains hockeyeurs, il s'affairait à la « corvée » de la patinoire en déblayant la neige qui obstruait l'aire de glace dangereusement improvisée à l'orée du fleuve. Une voix bien connue retentit soudain derrière nous :

— Pierrot et ses Romains ! lança Ti-Cochon, accompagné de son deuxième larron, un grand roux efflanqué au visage parsemé de taches de rousseur, dont j'ignorais toujours le nom.

— Tiens, fit Dan d'un air moqueur, le troisième petit cochon n'est pas avec vous, aujourd'hui ?

Gaston, en effet, brillait par son absence, ce qui n'était pas trop tôt. On m'avait dit que son sauvetage avait été réussi, mais je trouvais les preuves encore réfutables étant donné la prolongation de ses mauvaises fréquentations. Cette fois cependant, mes amis et moi étions supérieurs en nombre.

— Ce nul suit des cours de rattrapage avec la Cadorette, persifla Ti- Cochon d'un ton dédaigneux.

— Si tu veux un conseil, tiens-toi loin de moi, Quintal, maugréai- je en serrant les poings dans mes mitaines.

— On n'est pas pour rester fâchés, Pierrot, renchérit l'autre en souriant de plus belle. On peut glisser ensemble, si tu veux. Je te prêterai ma soucoupe...

Il exhiba sous mes yeux la magnifique luge ronde à poignées plastifiées dont les motifs d'étoiles ressortaient sur un fond bleu royal.

— Je l'ai « empruntée » à long terme au magasin général, continua-t-il candidement. Ça va bien plus vite que de glisser sur des bouts de carton...

Je lançai un coup d'œil oblique à mes amis, et réalisai qu'ils étaient aussi envieux et désireux que moi d'évaluer les performances de cette soucoupe. Nous hochâmes la tête, séduits.

— Essaie d'abord celle de Guy, reprit Denis à mon attention en me désignant une soucoupe d'aluminium posée sur la neige, à dix mètres de nous. Elle est presque pareille à la mienne.

J'acceptai et me dirigeai avec entrain vers la luge. Comme je n'en étais plus qu'à quelques pas, je perdis pied et tombai subitement au fond d'un trou, un trou que quelqu'un avait creusé dans la neige et camouflé à l'aide d'un grand carton enneigé.

— En plein dans le panneau ! s'esclaffa Ti-Cochon qui, après avoir rapatrié la luge de son copain, s'était penché vers moi, un mètre et demi plus bas. Tu pensais tout de même pas que j'étais assez idiot pour te prêter ma soucoupe, quand même, tête de nœud ?

Les malotrus s'éloignèrent en riant tandis que mes amis, un peu honteux de s'être fait également prendre au piège, m'extirpaient de ma fosse.

— Il va me le payer, pestai-je, cramoisi d'humiliation.

— Ça va, Pierrot, tu ne t'es pas fait mal ? dit Alain en m'époussetant. Tenons-nous loin de ces imbéciles. Ils ne perdent rien pour attendre.

Le bruit du moteur d'une motoneige attira bientôt notre attention. Nous reconnûmes Marie-Hélène qui conduisait le skidoo de son père à grande vitesse, sa longue écharpe rose et bleu volant derrière elle comme une traîne.

— Elle est chanceuse, elle..., murmurai-je, un peu jaloux.

La famille de Marie-Hélène n'était pas riche mais mon amie avait la chance d'avoir un oncle qui travaillait chez Bombardier, une compagnie réputée et spécialisée dans la fabrication de ces nouveaux engins récréatifs qui venaient d'être mis sur le marché. Conduire une motoneige était devenu l'un de mes plus grands rêves depuis que j'avais vu, voilà deux semaines, la toute première motoneige de Champvert. Il faut dire qu'en 1963 les lois et les règlements régissant la conduite de ce type de véhicules récréatifs n'existaient pratiquement pas. En tout cas, s'ils existaient, personne ne se préoccupait de voir à ce qu'ils soient appliqués. Il était donc courant, au cours des années soixante, de voir des enfants d'à peine dix ou onze ans et, qui plus est, sans casque s'en donner à cœur joie en poussant ces engins à plein régime.

— Demandons-lui de nous faire faire un tour, proposa Alain. Je suis sûr qu'elle acceptera.

Nous lui fîmes de grands gestes de la main pour attirer son attention. Enfin, l'engin fit rapidement demi-tour pour se diriger vers nous. C'est au cours de cette manœuvre que nous vîmes avec horreur le long foulard de notre copine se prendre dans la chenille de la motoneige. Presque aussitôt, Marie-Hélène tomba du skidoo, étranglée, pour être tirée par le véhicule qui n'arrêta sa course folle que dix mètres plus loin.

Nous accourûmes. Marie-Hélène suffoquait, le visage bleui, incapable du moindre mouvement. Je déchirai furieusement le foulard, desserrant son étreinte mortelle. Le visage reprit des couleurs, puis Marie-Hélène se mit à tousser, presque à en vomir, cherchant à avaler tout l'air qui lui avait fait défaut. Elle me regarda enfin, les yeux agrandis par la peur :

— Tu m'as sauvé la vie, hoqueta-t-elle en m'empoignant la main.

Nous entendîmes alors mugir le moteur du maudit engin, à quelques mètres de nous.

— C'est Ti-Cochon ! s'indigna Dan. Il se sauve avec la motoneige !

Je m'étirai le cou et eus tout juste le temps de voir Quintal entrer dans le boisé à toute vitesse avec la motoneige.

— Il va finir par revenir, il a oublié sa soucoupe, fit Guy en s'approchant de nous d'un pas traînant, sans doute déçu d'avoir été laissé pour compte par son comparse.

Nous attendions son retour, tous groupés autour de la pâle Marie-Hélène qui reprenait lentement vie quand Théo se pointa sur sa bicyclette au siège à ressort. Je me demande encore d'ailleurs comment il faisait pour pédaler dans toute cette neige. Afin d'éviter de se cogner les genoux contre la vieille carcasse rouillée, il pédalait les jambes tout écartées, ce qui le faisait ressembler à un clown frisé à qui on aurait collé des favoris. Il tenait entre ses dents un bout filtre de cigare éteint. L'alcoolique s'immobilisa près de nous, et nous remarquâmes tous que le panier accroché au vélo était à moitié rempli de poissons encore frétillants.

— La pêche a été bonne aujourd'hui ? lui demanda Guy d'un ton moqueur, faisant exprès de loucher comme lui.

— Très bonne, répondit Théo, presque aphone, en recrachant sur la neige le bout filtre jaune. J'aime beaucoup les perchaudes, moi.

Sur ce, il se saisit d'un petit poisson gigotant et gloup ! l'avala d'un trait, sous notre regard horripilé.

— J'ai encore vu le renne au nez rouge tout à l'heure, nous lança-t-il ensuite en roulant de gros yeux vers le boisé.

— Pourquoi pas une sorcière sur son balai, idiot ? lui rétorqua méchamment l'acolyte de Quintal.

— Idiot toi-même, répliqua l'alcoolique d'un ton agressif. Je sais faire la différence entre les deux, imagine-toi donc ! Les sorcières ne se promènent pas avec une lumière rouge au milieu du visage, elles !

— C'est toi qui as un nez rouge en pleine face, hé, bouteille ! lança Guy d'un ton méprisant, avant de se sauver en courant.

Théo, devenu aussi enragé qu'un bouledogue à qui on aurait enlevé son os, tenta de le rattraper, et nous les perdîmes bientôt de vue, tous les deux, au détour du petit chemin tortueux qui remontait vers la Grand'Rue. Il avait recommencé à neiger très fort.

— Il va y avoir une autre tempête, on dirait. On va aller te reconduire chez toi, Marie-Hélène, décrétai-je en reluquant la luge ronde de Denis

Quintal, abandonnée sur la neige. Pas question d'attendre encore Ti-Cochon.

— Ti-Cochon a dû se perdre dans le bois et le méchant loup a dû le manger, ricana Dan.

— Ça serait pas une grosse perte, ajouta Alain après avoir éternué.

— Papa va me tuer si je ne ramène pas la motoneige à la maison, gémit Marie-Hélène en s'efforçant de ne pas pleurer.

— Nous lui expliquerons, répondis-je. Allez, venez.

Bonsoir mon bon ange, à toi je me recommande,
Tu m'as gardé le jour, garde-moi la nuit,
Préserve-moi du…

Mon grand-père ouvrit brusquement la porte de ma chambre et je me redressai illico dans mon lit. Grand-maman, qui était debout près du lit et qui, comme chaque soir, me faisait réciter mes prières, le toisa avec surprise :

— Voyons, Dieudonné, le gronda-t-elle, veux-tu me faire mourir de peur ?

— Pierrot, il y a deux policiers en bas qui veulent te voir, dit grand-papa d'une voix dans laquelle perçait une légère angoisse.

Je bondis aussitôt sur mes pieds, enfilai ma robe de chambre et dévalai l'escalier en trombe, suivi de mes grands-parents et de maman. Les deux hommes en uniforme m'attendaient debout, dans le petit boudoir. Je les reconnus pour les avoir déjà vus chez Popeye, alors que je me trouvais dans son hangar en compagnie du cyclope et de mes amis[2]. Tu te souviendras, Casimir, que nous avions finalement découvert le pot aux roses dans cette malheureuse histoire de bétail décapité.

— Vous enquêtez sur la motoneige volée ? demandai-je aussitôt.

Ils me considérèrent gravement. Je crois bien qu'ils me reconnaissaient aussi.

— S'il n'y avait que cela, répondit le plus grand des deux policiers. Non, mon gaillard, nous enquêtons sur la disparition d'un de tes amis, le jeune Denis Quintal.

— C'est lui qui a volé la motoneige, rétorquai-je, craignant d'être injustement accusé. Et d'ailleurs, ce n'est pas mon ami.

— Voyons, Pierrot, fit sèchement grand-papa derrière moi.

---

[2] Voir *Pierrot et le village des fous : Les têtes coupées*, chez le même éditeur.

Le policier sourit :

— Bon, peut-être pas, mais vous étiez ensemble cet après-midi, n'est-ce pas ?

Et, comme je hochais gravement la tête, il enchaîna :

— Alors, Pierrot, tu vas nous raconter tout ce que tu sais. Peut-être cela nous aidera-t-il à le retrouver.

Je crois que c'est ce jour-là, Casimir, que j'ai décidé de devenir enquêteur.

Chapitre v

Péril en la demeure

Pendant le sermon de la messe de onze heures, du haut de sa chaire, le gros curé Berville promena un index féroce sur l'assemblée.

— Et que je ne voie pas un seul d'entre vous sortir à la communion ! menaça-t-il d'une voix tonitruante. Vous resterez tous ici ! Je dois tenir une séance spéciale pour organiser des recherches afin de retrouver le petit Quintal qui a disparu hier après-midi, comme vous le savez.

Ti-Cochon n'avait donc pas été retrouvé.

Le cœur serré, je songeai avec effroi à la nuit qu'il avait dû passer à moins cinq degrés sous zéro et me mordis la lèvre inférieure en me demandant s'il avait survécu. En réponse au curé, une rumeur d'approbation s'éleva dans l'église et la messe se continua dans un certain brouhaha, d'où jaillissaient quelquefois de confuses exclamations démontrant bien que l'assistance avait déjà amorcé la réflexion concernant les recherches. Il semble bien, d'ailleurs, que le curé lui-même ait encouragé l'indiscipline de ses ouailles, coupant court à l'oblation, écourtant le sanctus et omettant carrément l'action de grâces de la communion. Gaston et moi, qui servions la messe ce dimanche-là, ne savions plus sur quel pied danser et nous nous lançâmes un regard désopilant en constatant que la cérémonie ne durerait, en tout et partout, qu'une vingtaine de minutes.

Le vieux bedeau, discrètement, vint nous chercher au moment où finissait la communion. T'ai-je déjà dit, Casimir, qu'il avait les cheveux tout blancs coupés en brosse ? Le dos courbé, son petit chien blanc sur les talons, qui lui aussi faisait penser à une brosse, il nous fit lentement monter l'étroit escalier en colimaçon menant au clocher, où je n'avais d'ailleurs jamais mis les pieds. Le sol était parsemé de morceaux de tabac tout mâchouillés et de quelques bouts filtres de cigare jaunes. Or je savais pertinemment que le bedeau ne fumait pas le tabac, puisqu'il le mâchouillait (on appelle ça chiquer).

— Vous allez sonner les cloches aussi fort et aussi longtemps que vous le pourrez, les enfants, ordonna-t-il gentiment d'une voix rauque avant de recracher sa chique dans un coin. Il faut convier tout le village et ses alentours.

Évidemment, nous nous en donnâmes à cœur joie, tirant à tour de rôle la corde de la cloche, ce qui nous entraînait très haut dans les airs à sa suite dans un bruit infernal.

— Tu viens jouer avec moi cet après-midi ? proposai-je à Gaston entre deux relais de cloche, soucieux de le détourner de l'amitié perfide de Guy le roux, le deuxième petit cochon.

Un doute persistant quant au sauvetage de Gaston continuait de me tourmenter malgré que le Maître des Lumières m'eût affirmé le contraire.

— N'y pense pas, se plaignit-il. Je n'ai plus le droit de jouer avec personne. Mademoiselle Cadorette a décidé de m'entreprendre et de me donner des leçons particulières. Je n'ai plus un instant à moi.

— Ton oncle Pepsi est d'accord ? m'étonnai-je.

— Et comment ! Il a le béguin pour elle…

Nous ricanâmes puis troquâmes nos aubes blanches contre nos paletots endimanchés avant de rejoindre nos familles respectives et obéissantes, toujours assises dans l'église.

La séance spéciale débuta donc. À l'avant-centre, devant l'autel, les deux policiers en uniforme encadraient pompeusement, d'une part, le curé Berville qui gesticulait avec son micro et, d'autre part, la mère de Ti-Cochon, dite Torticolis chronique, qui était assise dans la chaise réservée à l'évêque et qui se tamponnait les yeux avec un mouchoir.

La petite église de Champvert était aussi bondée qu'elle pouvait l'être lors des célébrations de la messe de Noël et ses fidèles faisaient la file jusqu'en arrière, décorant les murs du temple d'une guirlande humaine. Je promenai un long regard sur les rangées multicolores que formait la presque totalité de la population de Champvert. Je reconnus monsieur Alphonse le centenaire et sa fille, qui se querellaient inlassablement à voix basse ; la Fouine, assise à côté de ma grand-mère, elle-même installée à la droite de grand-papa et de maman ; Bruce le cyclope, vêtu de son éternelle seconde peau de crasse, en compagnie de son ami chauve le garde-côte ; Marie-Hélène au sourire charmeur et reconnaissant, assise avec ses sœurs entre ses parents ; Gaston, encadré par son oncle Pepsi et par mademoiselle Cadorette, qui, tout endimanchés, se jetaient d'étranges sourires entendus derrière le dos de mon ami ; le barbier Mailhot, avec son épouse dont les cheveux étaient, cette fois, dénudés de papillotes en papier ; la grosse commère Poulette qui me toisa d'un œil rancunier dans sa robe à pois, avec son tout petit mari ; Alain, et sa sage famille ; Dan, Matawin et leur clan, dont l'odorant monsieur Charrette et sa maladive femme ; finalement, le maire et son colporteur officiel, aussi renfrognés l'un que l'autre.

— Il faut intensifier les recherches pour retrouver Denis Quintal, plaida le curé d'une voix forte en épongeant son front d'un mouchoir à carreaux. La police provinciale nous demande de l'aider à ratisser le secteur au peigne fin.

— Une motoneige jaune, ça ne disparaît pas comme ça ! protesta quelqu'un, au troisième rang.

— J'ai survolé le coin des dizaines de fois avec mon hélicoptère et je n'ai jamais réussi à la repérer, se défendit le garde-côte en se levant à son tour. À moins que la machine soit tout bonnement tombée dans le fleuve...

Un long frisson parcourut l'assistance. Puis, plusieurs citoyens, à tour de rôle, prirent la parole pour donner leur opinion.

— Nous avons peut-être affaire à un maniaque ! supposa l'un.

— Il faut protéger nos enfants ! persifla un autre.

Au milieu du tumulte général, le maire se leva à son tour. Un silence respectueux retomba aussitôt sur l'assemblée.

— J'ai le devoir d'imposer un couvre-feu, décréta-t-il en brandissant un index menaçant et déformé par l'arthrite. Je ne veux plus de jeunes dans les rues après sept heures le soir !

— Tiens, le bonhomme sept heures ! pouffai-je, avant de recevoir un bon coup de coude de mon aïeul dans le côté droit.

— Et ça durera combien de temps, cette nouvelle mesure ? rouspéta le barbier.

— Tant qu'on n'aura pas trouvé le corps du petit, répondit Séraphin d'un ton lugubre.

— Mon Denis est encore vivant ! cria aussitôt Torticolis chronique en se remettant à sangloter à tue-tête, avant d'être consolée par la Fouine qui s'était précipitée vers elle.

Elle devait à présent avoir honte d'avoir colporté des ragots sur le dos de la pauvre femme, celle-là.

— La municipalité devrait augmenter ses effectifs afin d'accélérer les recherches, proposa le cyclope. Avec ce froid de canard, il n'y a pas une minute à perdre...

— Oui, approuva avec force le curé Berville. Il y a péril en la demeure.

— Pas question de payer quoi que ce soit ! cingla froidement le maire. Les contribuables n'ont pas à payer pour la témérité d'un jeune voleur. Le petit a craché en l'air et ça lui est retombé sur le nez.

— Vous n'êtes qu'un sans-cœur ! hurla la mère Quintal en tentant de se diriger vers lui pour le frapper, échappant ainsi à l'emprise de la Fouine.

Elle fut néanmoins interceptée par la main ferme du curé Berville, qui la retint à temps.

— Denis est votre petit-fils, au cas où vous ne vous en souviendriez pas ! vociféra la mère éplorée à l'adresse du maire, la tête penchée vers une épaule tout humectée par les larmes. Et vous l'abandonnez comme son père l'a fait !

— C'est pas une raison pour te faire voir avec un curé, mauvaise femme !

— Silence, tous les deux ! hurla le curé Berville, furibond. J'en ai assez de vos ramassis d'inepties !

— Je suis le maire, rétorqua furieusement Séraphin. Je n'ai pas d'ordre à recevoir de vous !

Mon grand-père se leva à son tour, raide comme un piquet.

— Tu n'es qu'un vieil avare, Jos Quintal ! accusa-t-il. Tu ne veux jamais rien donner, ni pour le futur hospice de vieux, ni pour ton propre petit-fils ! Moi, je donne le premier cinq dollars pour créer un fonds d'aide pour les recherches.

Il fouilla dans son portefeuille et remit illico la somme au curé, geste qui fut aussitôt imité par une bonne vingtaine d'hommes.

Tandis que je m'enorgueillissais de la générosité de ma famille, une étincelle jaillit soudain dans mon esprit. Je réalisai, incrédule, que l'auteur du coup de poing asséné à mon aïeul dans son enfance était nul autre que… le maire Jos Quintal, le grand-père de Ti-Cochon. Je dévisageai les deux aïeuls l'un après l'autre, tandis qu'ils se lançaient des œillades féroces, et compris que la vieille histoire du coup de poing n'avait jamais été réglée entre eux depuis toutes ces années. Ce qui m'était apparu à peine quelques secondes plus tôt comme de la pure philanthropie de la part de grand-papa se métamorphosa alors en un ignoble et stupide dessein de vengeance.

La grande porte d'en avant s'ouvrit soudain avec fracas, poussée par le vent glacial. Nous tournâmes tous la tête d'un même mouvement et vîmes un vieillard tout chétif à longue barbe et à très longs cheveux, au drôle de nez aplati sur de larges narines, et vêtu de guenilles, s'avancer à pas minuscules dans l'allée centrale vers l'une des rares places encore disponibles. Un silence gênant remplit l'église. Je crois n'avoir jamais vu quelqu'un qui paraissait aussi vieux et aussi hagard que cet individu. Même monsieur Alphonse, notre centenaire attitré, semblait vigoureux à côté de lui.

— Voulez-vous bien me dire où je suis rendu ? demanda-t-il d'une toute petite voix fluette après s'être finalement assis à côté de mademoiselle Cadorette.

Bonsoir mon bon ange, à toi je me recommande,
Tu m'as gardé le jour, garde-moi la nuit,
Préserve-moi du péché, d'accidents
et de mort subite,
S'il te plaît, mon bon ange, récitai-je d'une voix monotone.

— Bonne nuit, mon amour, chuchota ma grand-mère en m'embrassant sur le front, après avoir grimpé de moitié la courte échelle qui menait au lit supérieur.

— Reste encore un peu, la suppliai-je en la retenant par la main. Je veux te poser une question.

— Juste une petite question alors, accepta-t-elle de bon gré.

Je l'adorais ; elle ne me refusait jamais rien. Je me poussai contre le mur afin de lui laisser une petite place pour qu'elle s'assoie à mes côtés, sur mon lit. Elle aimait bien se faire ballotter les jambes dans le vide, tout comme son frère Jules le faisait, d'ailleurs. Elle disait que ça faisait du bien à ses varices (des varices, Casimir, ce sont des veines éclatées dans les jambes).

— Tu le sais, toi, pourquoi le maire s'est bagarré avec grand-papa quand il était petit ? lui demandai-je brusquement.

Claudine, qui lisait sur le lit du bas, s'étira le cou pour mieux nous écouter. Grand-maman resta bouche bée et un peu décontenancée. Je pense même l'avoir vue rougir.

— Veux-tu bien me dire où tu es allé pêcher cette histoire-là ? me demanda-t-elle finalement.

— C'est grand-papa qui m'en a parlé.

— Bon, je vais te la raconter, alors. Mais ne va pas l'ébruiter, et toi non plus, ma Claudine, hein ?

Nous promîmes et grand-maman débuta son récit un peu à la façon dont elle nous aurait narré un conte magnifique. Le nez en l'air, elle semblait chercher entre les lattes du plafond un lointain souvenir oublié.

— Nous devions avoir environ treize ans à l'époque et nous habitions tous les trois à Champvert. Grand-papa et Jos étaient les meilleurs amis du monde, vous savez ; ils étaient inséparables. Et comme tous les meilleurs amis, ils avaient les mêmes goûts : ils adoraient jouer au ballon, ils collectionnaient les timbres et ils chantaient dans la chorale de Champvert. Tous les deux avaient une voix magnifique, d'ailleurs. Mais, secrètement, ils aimaient aussi la même jeune fille, qui n'en savait rien. Elle les trouvait tous les deux mignons, mais bien trop jeunes pour s'amouracher d'elle. Un jour, cependant, la jeune fille tomba gravement malade : elle souffrait de la tuberculose, une terrible maladie de poumons qu'on ne savait pas encore soigner, à l'époque. Craignant qu'elle ne meure, ton grand-père lui fit parvenir une lettre dans laquelle il lui déclarait sa flamme. Elle fut touchée et se mit à l'aimer aussi. Le temps passa et la jeune fille guérit. Jos Quintal, cependant, qui ne parvenait pas à l'oublier, devint malade de jalousie en apprenant qu'elle aimait Dieudonné, et pas lui. Le jour où ton grand-père confia à Jos qu'il voulait épouser sa belle dès qu'il en aurait l'âge, son ami lui asséna une bon coup de poing sur le nez. Les deux hommes ne se sont plus reparlé depuis, mon Pierrot.

— C'était qui, sa belle ? demandai-je encore.

— Moi, évidemment ! répondit-elle simplement.

— Quelle belle histoire d'amour ! s'écria Claudine en se pâmant.

— Il s'est marié quand même, Jos Quintal, non ? continuai-je sans manifester le moindre émoi.

— Oui, répondit grand-maman, avec la belle Aurore Dubois. Comme il l'a fait souffrir, celle-là ! Il n'a jamais été capable d'être heureux... il est allergique au bonheur, on dirait. Bon, c'est assez maintenant, au dodo tous les deux !

Je mis longtemps à m'endormir ce soir-là, l'histoire de Séraphin me tourmentant autant que celle de son petit-fils Denis.

Chapitre VI
Le Coquerelle-Bar

À nouveaux réunis dans la cave à patates, mes amis et moi élaborions les théories les plus saugrenues quant à la disparition de notre ennemi commun, Denis Quintal.

— Et si c'étaient des Martiens qui l'avaient enlevé ? extrapola Alain. Théo n'arrête pas de répéter à droite et à gauche qu'il a vu le renne au nez rouge. C'est peut-être une soucoupe volante, ça ?

— J'ai vu Théo percer un trou dans la glace, dis-je en écartant d'un revers de main la théorie de mon copain. Il a peut-être jeté Denis au fond…

— Et la motoneige, il l'a avalée, peut-être ? rétorqua Dan en pouffant.

— En tous cas, il avale souvent des bouts de cigare qu'il trouve dans la rue, fit Alain.

— Mais non, vous parlez tous pour rien dire ! s'impatienta Matawin, le doyen du groupe. Théo n'a aucun rapport avec la disparition de Ti-Cochon puisque nous l'avons vu poursuivre Guy dans la direction opposée à celle prise par le skidoo. Il n'aurait jamais pu rattraper la motoneige en bicyclette, de toute façon.

— C'est vrai, dûmes-nous tous admettre à regret, déçus de perdre notre bouc émissaire préféré.

— Mais nous avions pris une excellente décision l'autre jour, fit encore Matawin d'un ton pensif, et nous ne devons pas l'oublier malgré la disparition de Denis. Il serait temps de faire en sorte que Théo ne s'en prenne pas à la sœur de Marie-Hélène et à d'autres enfants du village.

— Vaut mieux tard que jamais, plaida Marie-Hélène, à l'instar de Matawin.

— À cœur vaillant rien d'impossible, renchérit aussitôt Dan.

— Alors, aux grands maux les grands remèdes ! philosophai-je à mon tour.

Nous nous retournâmes vers Alain, attendant une réplique aussi perspicace de sa part.

— Hum... l'appétit vient en mangeant ? lança-t-il finalement, ce qui nous laissa plutôt perplexes.

Néanmoins, Alain avait raison : plus nous nagions dans le mystère, plus nous en redemandions. Puisque nous avions résolu l'histoire sordide de Pepsi[3], puis celle, tout aussi vilaine, de Popeye[4], nous nous sentions maintenant prêts à nous attaquer à un plus gros rapace et à tendre un piège à Théo.

---

[3] Voir *Pierrot et le village des fous : Le spectre*, chez le même éditeur.

[4] Voir *Pierrot et le village des fous : Les têtes coupées*, chez le même éditeur.

Ainsi, le mardi suivant, malgré le sévère couvre-feu du maire, et prétextant avoir mutuellement un travail d'équipe à faire chez un copain, nous réussîmes, Marie-Hélène, Alain et moi, à nous regrouper devant le Coquerelle-Bar, bien cachés derrière les voitures des clients. L'enseigne lumineuse clignotait comme un arbre de Noël en me révélant, en grandes lettres multicolores, son vrai nom, Bar Champvert. Je me sentis un peu idiot d'avoir pu penser que Coquerelle-Bar, c'était son vrai nom, mais me gardai bien de la moindre remarque. Il faisait un noir d'encre et le froid était si mordant qu'Alain risquait à tout moment d'éternuer et de trahir notre présence. Je dus d'ailleurs lui pincer le nez à deux ou trois reprises pour sauvegarder notre incognito alors que des clients de la place s'engageaient sur le seuil du commerce.

Nous avions repéré assez facilement la bicyclette de Théo, accotée sur la rampe délimitant le parvis de l'établissement, et surveillions attentivement les silhouettes des habitués qui allaient et venaient devant les fenêtres éclairées.

— Surtout, ne le perdons pas de vue quand il sortira, chuchota Marie-Hélène.

Cependant, notre attente s'avéra interminable et, au bout d'une heure, nous n'en pouvions tout simplement plus et trouvâmes urgent de nous dégourdir un peu pour nous réchauffer. Mais sitôt que nous fûmes debout, une voix grave et langoureuse nous interpella, et nous fit tressaillir :

— Alors, mes poussins, on ne respecte pas le couvre-feu ?

Je la reconnus. À n'en pas douter, c'était bien elle la cocotte du Coquerelle-Bar : des cheveux blond platine, une robe trop courte, une bouche barbouillée d'un vulgaire rouge orangé et des faux cils semblables à des pattes d'araignée. C'était la mère de Gaston. D'une main, dont l'index et le majeur tenaient déjà une longue cigarette, elle agrippa son manteau de fourrure et le remonta sur ses épaules dénudées.

— Occupe-la pendant que nous continuons de surveiller Théo pour le prendre au piège, me chuchota Alain.

Et mon copain (si on peut appeler ça un copain…) me poussa vers la cocotte tandis que je le fusillais du regard.

— C'est Pierrot, m'dame, dit candidement Alain. Il voulait ab-so-lu-ment vous parler.

Je devins aussi cramoisi qu'un homard plongé dans l'eau bouillante. La dame me prit la main et me tira à l'intérieur de l'établissement, tandis que Marie-Hélène et Alain me fixaient d'un air vaguement inquiet.

Une musique de jazz couvrait les murmures et les rires gras d'hommes installés à de petites tables rondes éparpillées dans la pièce. Ils étaient tout au plus cinq ou six, car la soirée était encore jeune, comme on dit. À mon entrée, certains habitués écarquillèrent les yeux et sifflèrent en se bidonnant bruyamment sur mon passage. Je baissai la tête, espérant ne pas être reconnu à travers l'écran presque opaque que formait la fumée de cigarette et qui rendait, heureusement, la réalité un peu floue. Les plafonniers suspendus au-dessus des tables diffusaient une lumière blafarde. Nous longeâmes le bar derrière lequel un tenancier à chemise carrelée astiquait ses verres ; c'était sans doute monsieur Coquerelle-Bar en personne. Ses cheveux noirs, enduits de brillantine, étaient coiffés vers l'arrière, et sa petite moustache le faisait ressembler à s'y méprendre à un gentil mafioso. L'homme fronça les sourcils en me dévisageant d'un air contrarié. Je le vis se saisir du récepteur d'un gros téléphone noir posé sur le comptoir.

La femme me conduisit jusqu'à une petite table, à l'écart des autres, et nous nous assîmes tous deux.

De mon œil de lynx, j'avisai Théo, lui-même attablé devant une bière, de l'autre côté de la salle. Un petit courant d'air froid qui m'était bien familier me fit bientôt hérisser le poil des bras et je vis mon fantôme installé à la table d'à côté, les pieds sur la table à la manière d'un cow-boy avachi. La mère de Gaston replaça son manteau sur ses épaules en frissonnant.

— De quoi veux-tu me parler, mon poussin ? me demanda-t-elle sur un ton languissant en m'expirant la fumée de sa cigarette en plein visage. Mais fais ça vite ; je ne veux pas avoir d'ennuis à cause d'un mineur, moi.

M'étant creusé en vain la cervelle pour tenter de trouver un sujet de conversation, je me jetai à l'eau sans plus réfléchir :

— C'est Gaston, madame. Je crois qu'il est très malheureux.

— Ouf ! fit Jules en secouant les doigts de sa main comme s'il brassait des cartes à jouer. Pas très diplomate, ton introduction…

Elle me regarda avec de gros yeux ronds apeurés et une bouche ouverte comme un poisson.

— Tu connais Gaston ? éluda-t-elle d'une voix plutôt aiguë en déglutissant bruyamment.

— Oui, madame. C'est mon copain.

Telle une femme-caméléon, la cocotte de Champvert se transforma alors sous mes yeux ébahis. D'un geste brusque, elle arracha d'abord la perruque platine qui recouvrait ses courts cheveux roux, puis referma totalement son manteau sur son décolleté plongeant, et finalement essuya furtivement ses lèvres avec un mouchoir.

— Gaston a honte de moi, c'est ça ? demanda-t-elle en me dévisageant avec inquiétude.

— Il a besoin de vous.

— Il n'est pas bien, chez mon frère ? protesta-t-elle faiblement, les yeux soudain humides. Il faut bien que je gagne notre croûte, à tous les deux. Je remets tout mon salaire à Anatole pour la pension du petit.

— Il a besoin de vous, répétai-je, sans trouver d'autre chose à dire.

— Il faudrait que je trouve un autre travail, n'importe quoi où je serais logée et nourrie, murmura-t-elle en reniflant.

Elle pleurait doucement, abîmant tout le maquillage qu'elle s'était mis autour des yeux. J'étais très mal à l'aise et pas du tout habitué de recevoir les confidences d'une grande personne, moi.

— Maintenant, son oncle est bien plus gentil avec lui, assurai-je pour la consoler. Et ses notes à l'école ont drôlement remonté dernièrement !

— C'est vrai, ça ? demanda-t-elle, pleine d'espoir, en s'essuyant les yeux.

— Sauve-toi, ordonna soudain Jules en se redressant.

Je hochai la tête en souriant à la femme, jetant de brefs coups d'œil vers Théo qui s'était levé et s'apprêtait à quitter l'endroit. Mes amis auraient besoin d'aide. Je me levai à mon tour :

— Bon, ben, j'y vais maintenant, balbutiai-je en reculant lentement vers la sortie.

— Merci, mon bonhomme, d'être venu me parler, dit la cocotte en reniflant par petits coups. J'essaierai de trouver un nouvel emploi. Oh ! Attention, tu vas...

Et bang ! Comme je reculais sans regarder, je fonçai en plein dans quelqu'un. Avant de réaliser qu'il ne s'agissait pas d'un habitué du bar mais de grand-papa, ce dernier m'avait déjà empoigné furieusement par le cou et, d'une main de fer, me gouvernait vers la sortie. J'hurlai de douleur.

— J'ai essayé de te prévenir, fit Jules, penaud, les mains derrière le dos.

— Mon propre petit-fils dans un endroit de débauche ! cingla mon aïeul en resserrant davantage son étreinte. Je n'ai jamais eu aussi honte de toute ma vie. Ah ! si ton père te voyait !

Comme nous franchissions le seuil de l'établissement pour nous diriger vers la voiture, j'aperçus mes amis apeurés qui se cachaient dans un coin.

— Attention, Théo s'en vient ! pus-je tout de même leur crier.

Cependant, la mère de Gaston, qui s'était subitement décidée à nous talonner, implora grand-papa dans mon dos :

— Ne le disputez pas, monsieur ! Il est seulement venu m'avertir que...

Un cri compléta sa supplication suivi du bruit sourd d'une chute, puis d'une longue plainte. Nous nous retournâmes pour constater que la cocotte, étalée de tout son long dans la neige, avait dégringolé les marches du Coquerelle-Bar après s'être empêtrée dans le piège de cordes que mes copains avaient tendu pour Théo. Je remarquai à ses pieds, dans la neige, un bout filtre de cigare en plastique jaune, en tous points semblable à ceux qui traînaient dans un coin du clocher, et je vis Théo s'éloigner sur sa bicyclette en sifflotant.

— Et si Théo était monté dans le clocher ? me demandai-je. Après tout, c'est lui qui ramasse les bouts filtres jaunes qui traînent sur les trottoirs. Mais qu'aurait-il bien pu être allé faire là ?

•

Hypocrisie. Mensonge. Débauche. Je fus accusé des pires calamités malgré mon insistance à tenter de rétablir les faits. Rien n'y fit et je fus reclus dans ma chambre, bien chanceux, me dit-on, d'échapper à la fessée. Avec interdiction formelle de revoir Alain et Marie-Hélène et privation de dessert pour un mois.

— Mais, qu'est-ce que j'ai donc fait pour mériter un enfant pareil ? sanglotait ma petite maman de la cuisine.

C'était franchement injuste, Casimir, on ne m'écoutait jamais. Je retournai l'oreiller mouillé de larmes du côté sec et m'enfouis le visage dedans en reniflant. Si monsieur Coquerelle-Bar n'avait pas téléphoné à grand-papa si vite, notre plan aurait réussi et j'aurais été louangé comme un héros pour avoir fait épingler un dangereux maniaque plutôt que d'être dénigré de la sorte. Et surtout, Denis aurait peut-être été retrouvé car, au fond de moi, je restais convaincu que Théo avait un rapport avec la disparition mystérieuse de Ti-Cochon.

Heureusement pour nous, Alain, Marie-Hélène et moi, les choses ne s'ébruitèrent pas et ni Séraphin ni le reste du village ne connurent notre déconvenue. Cependant, Casimir, une rumeur persistante courait à Champvert. On racontait qu'un employé du Coquerelle-Bar était entré d'urgence à l'hôpital à la suite d'un malheureux accident...

Chapitre VII
Le vieillard indigent

Ce matin du 23 décembre, première journée des vacances de Noël, grand-papa s'était levé complètement aphone ; il avait perdu la voix. Plus un son ne voulait sortir de sa bouche au quart édentée tandis que, furieux et frustré, il gesticulait pour tenter de se faire comprendre à la table pendant le petit-déjeuner. Il était bouleversé car, de toute évidence, il lui serait totalement impossible de chanter le *Minuit chrétiens* le lendemain, à la messe de minuit, comme il le faisait depuis vingt ans.

Et qui d'autre que grand-papa pourrait bien chanter le *Minuit chrétiens* à Champvert ? Personne, évidemment. Aucun homme n'avait une aussi belle voix de basse, grave et forte, que celle de mon aïeul. Personne, sauf...

— Jos Quintal ne pourrait pas chanter, lui ? proposa brusquement grand-maman, un éclair illuminant ses yeux taquins.

Mon grand-père assena un grand coup de poing sur la table en ouvrant la bouche sur un hurlement silencieux, tandis que grand-maman ricanait de sa bonne blague. Nous l'imitâmes tous, incapables de retenir davantage notre hilarité croissante, car il est toujours très amusant de taquiner quelqu'un d'aphone, sauf pour le principal intéressé, naturellement, comme si le fait d'être privé de voix le privait aussi d'humour. Le vieil homme, furibond, entreprit alors de se gargariser à l'eau salée, puis au vinaigre, sans résultat probant.

— Du repos, il te faut du repos, Dieudonné ! psalmodia grand-maman en le mettant au lit avec une bouillotte. Moi, je m'occupe de te trouver un remplaçant pour demain. Pierrot, toi, tu viens avec moi : c'est l'heure de ton huile de foie de morue.

— Ah non, pitié, c'est trop méchant ! protestai-je, tandis que grand-papa esquissait un petit sourire victorieux, apaisé que l'injustice qui l'affligeait soit partagée un tant soit peu.

L'huile de foie de morue a un goût totalement infect, Casimir. Aujourd'hui, tu peux en prendre sous forme de petites gélules dorées, qui ne goûtent rien et qui sont très bénéfiques pour la santé. Mais, quand j'étais petit, on prenait l'huile de foie de morue sous forme de sirop et c'était tout à fait exécrable.

— Allez, ouvre la bouche, poltron ! ordonna sévèrement grand-maman, qui tenait sa cuillère bien remplie sous mon nez.

J'obéis et avalai la mixture en retenant un haut-le-cœur.

— Maintenant, habille-toi chic, tu viens avec moi, mon amour.

— Où ça ? demandai-je, intrigué.

— Mais à l'hôpital, bien sûr. As-tu oublié que tu m'avais promis de m'accompagner à la petite fête organisée à l'intention des personnes âgées de Champvert pour leur chanter *Mon beau sapin* ?

— Qui, moi ?

— Oui, mon Pierrot. En échange d'un gâteau au caramel et au chocolat…

— Oui mais, aujourd'hui, j'avais promis à mes amis…

— Ta, ta, ta, ta ! Ce sera ta bonne action. Quand on a une voix comme la tienne, on en fait profiter les autres.

— Chose promise, chose due, conclut maman, qui nous écoutait depuis un moment en essuyant la vaisselle.

L'hôpital qui desservait Champvert était situé dans la ville voisine, plus grande et plus populeuse. Grand-maman conduisait si lentement la vieille Chevrolet 1950 de grand-papa que toutes les voitures nous dépassaient en klaxonnant. Comme j'avais honte, je me planquai le visage derrière ma partition musicale pendant tout le trajet, tentant de mémoriser les couplets de cette chanson que je n'avais jamais apprise au complet.

Je déteste l'odeur des hôpitaux. Le parfum des désinfectants et de l'alcool à friction qui sert aux injections, distillé par l'atmosphère surchauffée des longs couloirs, me rend malade et me donne envie de vomir. Je dus blêmir considérablement dès mon arrivée puisque grand-maman me prit la main.

— Tu n'as pas à avoir le trac, mon Pierrot, dit-elle pour tenter de me rassurer en provoquant, malgré elle, tout l'effet contraire. Ça se passera bien, tu verras.

Maintenant, en plus, j'avais le trac. Nous entrâmes dans un petit salon bondé, converti pour l'occasion en salle de spectacle et rempli à craquer de malades en robe de chambre. L'ambiance animée qui y régnait me surprit grandement. Un vieux phonographe (c'est le lointain ancêtre des systèmes de son actuels, Casimir), installé dans un coin, diffusait de la musique de Noël tandis que les patients, assis sur des chaises bien alignées en cinq rangées égales, échangeaient joyeusement entre eux tout en pigeant allégrement dans les divers plateaux que des bénévoles passaient sous leur nez. Des croustilles, du chocolat, du cola, des gâteaux, bref rien de très bon pour la santé, d'ailleurs quand on est alité... Quelques exclamations fusèrent à notre entrée :

— Aglaé, tu as amené ton petit-fils ? Qu'il a l'air gentil et qu'il est beau comme un cœur, ce p'tit gars-là ! Tu t'appelles comment, mon garçon ?

Une vieille dame aux cheveux trop frisés me prit en charge pour m'amener à l'arrière, où se dressait un petit buffet froid. De toute évidence, à mon grand désespoir, j'étais le seul enfant du groupe. La dame me bourra les poches de chocolats, me donna dix sous et me versa un verre de cola tout en me souriant avec bienveillance.

— C'est vraiment gentil de ta part d'être venu, dit-elle. Tu sais, les patients qui sont ici ne voient jamais d'enfants. Tu es comme une bouffée de jeunesse pour eux, un vrai cadeau de Noël !

Émue, elle m'administra un atroce bec en pincette, et je frottai ma joue endolorie en réprimant une grimace de douleur. Bientôt, plusieurs malades m'interpellèrent à tour de rôle afin de causer avec moi, me glissant à l'occasion quelques sous dans la paume de la main. J'avais l'impression d'être un ballon qu'ils se passaient de l'un à l'autre au-dessus d'un implacable filet de gêne. Ils cherchaient, je crois, à faire un lancer au panier en dégelant mon humour et mon silence. Ma foi, ils y parvinrent assez bien car, quand vint pour moi le moment de chanter, je m'exécutai sans rechigner, les oreilles tout de même un peu rougies d'embarras. Planté devant l'orgue auquel s'était assise la dame trop frisée, j'amorçais *Mon beau sapin*, mains derrière le dos, quand une autre voix bien connue se mêla à la mienne en un duo exquis.

Je cherchai Jules des yeux, mais il préféra demeurer invisible. Après tout, n'avait-il pas promis de m'apparaître seulement en cas de force majeure ? Tout en continuant à chanter, j'examinai les visages de mes auditeurs qui, bouche ouverte et yeux exorbités, me dévisageaient avec incrédulité ou stupeur, cherchant vainement à comprendre de quelle façon je pouvais ainsi dédoubler ma voix. Quant à grand-maman, elle se tamponnait les yeux en secouant doucement la tête. Au moment où je saluais mon public, sous un tonnerre d'applaudissements, mes yeux s'accrochèrent soudain à elle, la cocotte de Champvert.

La femme était assise dans l'avant-dernière rangée, entre deux vieillards, et riait en cachant sa bouche d'une main discrète. Elle avait un bras en écharpe et une jambe dans le plâtre. Comment ne l'avais-je pas remarquée plus tôt ? Bien sûr, elle ne ressemblait plus à la femme dévergondée avec qui je m'étais assis au Coquerelle-Bar ; elle était bien plus jolie sans maquillage, même enveloppée dans cette espèce de vieille redingote râpée !

Je m'approchai. Elle discutait avec animation avec un homme barbu très âgé, qui lui avait empoigné la main encore valide. Elle s'interrompit en m'apercevant.

— Bonjour, me dit la cocotte en souriant.

— Bonjour, répondis-je, circonspect, en remarquant un bout filtre de cigare en plastique jaune dans le cendrier posé sur la table près d'elle.

Théo serait-il donc venu ici ? pensai-je aussitôt.

— Je te félicite pour ta prestation, Pierrot, continua la cocotte. C'était vraiment très beau. On peut dire que tu as une voix très... spéciale. J'aurais aimé que mon Gaston chante comme toi. Je te présente monsieur Légaré, un nouveau résident de l'hôpital.

Je tendis la main au vieil homme assis à ses côtés, qui arborait d'immenses narines aplaties, mais il ne daigna même pas me rendre la politesse. Surpris par ce manque de savoir-vivre, je me mis à le dévisager et le reconnus soudain : c'était l'homme qui était entré à l'église pendant la séance spéciale du curé Berville ! Il me considérait en fronçant les sourcils d'un air fâché. Ne sachant que faire de ma main tendue, je m'empressai de me replacer une mèche de cheveux.

— Toi, je ne t'aime pas ! me lança soudainement avec colère monsieur Légaré de sa toute petite voix.

— Voyons, monsieur Légaré, Pierrot est un gentil garçon, le gronda gentiment la mère de Gaston en lui tapotant la main de sa propre paume bien portante, l'autre tenant une paire de béquilles. Pourquoi ne l'aimez-vous pas ?

— Je ne sais pas, mais je ne l'aime pas ! répliqua-t-il durement à la façon d'un enfant boudeur.

Elle leva la tête vers moi :

— Ne t'en fais pas, Pierrot, monsieur Légaré est un peu confus. Il ne se souvient pas de grand-chose, en fait. C'est même moi qui lui ai trouvé son nom. C'est original, hein, monsieur *Légaré*, tu ne trouves pas ?

— C'est lui qui fume le cigare ? demandai-je, inopinément.

— Non, répondit-elle avec un étonnement non dissimulé en jetant un coup d'œil au cendrier. C'est monsieur Alphonse, qui est venu me rendre une petite visite tantôt. Le pauvre homme est si malheureux de perdre la mémoire… Il a besoin de se confier lorsqu'il a des moments encore lucides. J'aime beaucoup m'occuper des personnes âgées, tu sais. Mais, pourquoi veux-tu savoir ça, au juste ?

— Une simple petite question, comme ça, répondis-je à mon tour, doutant soudain de son honnêteté.

Bien sûr, monsieur Alphonse fumait ! Je me souvenais fort bien à présent que le centenaire de Champvert, monsieur Magoo en personne, arborait souvent un cigare au coin du bec. Néanmoins, je savais aussi que Théo ramassait des bouts filtres sur les trottoirs de Champvert (probablement ceux semés par le centenaire) et que les bouts filtres que j'avais sous les yeux étaient en tous points semblables à ceux que j'avais vus dans le clocher et dans le stationnement du Coquerelle-Bar.

Mais qui, du centenaire ou de Théo, aurait pu fréquenter un lieu sordide comme le Coquerelle-Bar ou s'esquinter à grimper l'escalier abrupt du clocher de l'église ? Je n'avais pas à me poser la question très longtemps pour y répondre.

— J'les aime pas, moi, tes petites questions ! s'exclama furieusement le vieil indigent en se levant brusquement. Va-t-en !

Je reculai pour éviter son coup de canne et tombai à la renverse sur les chaises inoccupées du dernier rang, ce qui provoqua un vacarme assourdissant dans la salle, suivi aussitôt d'un grand silence. Je me heurtai douloureusement la tête. La musique de Noël avait cessé.

— Va-t-en d'ici, toi ! me cria encore monsieur Légaré en me pointant d'un index menaçant tandis que, tout étourdi, je tentais de me relever pour me sauver.

Je reconnus alors la bague qu'il portait à l'index. Ornée d'une grosse pierre de plastique verte, elle ressemblait étrangement à celle que Ti-Cochon avait dérobée à Béatrice Larose.

Avant qu'on ait réussi à le maîtriser, monsieur Légaré se mit à asséner des coups de canne sur les chaises tombées autour de moi, cherchant de toute évidence à me réduire en miettes.

— Ça prendra pas le goût d'tinette que je vais lui régler son cas, moi, à cet énergumène ! me lança soudain Jules, qui était apparu à ma droite.

Je vis alors Jules se diriger directement vers la table sur laquelle était dressé le buffet et, d'un geste sec, en arracher la nappe. Les fantômes n'étant malheureusement pas tous des prestidigitateurs, le contenu du buffet se renversa aussitôt sur le sol dans un tumulte de vaisselle cassée, ce qui eut pour effet de dévier l'attention de mon assaillant.

— Non, Jules, tu ne peux pas faire ça, suppliai-je, c'est une personne âgée, quand même !

— On a le respect qu'on mérite, et l'âge de l'enveloppe corporelle n'y change rien ! riposta mon fantôme en s'enveloppant la tête de la nappe blanche (ce qui lui donna l'allure d'un véritable spectre de films d'épouvante), pour ensuite fondre sur monsieur Légaré, qui prit la poudre d'escampette à tout petits pas.

Réprimant un fou rire, je secouai la tête d'un air faussement déconcerté tandis que, sous une averse de cris d'horreur, la pièce se vida en un temps record de ses occupants. Même la mère de Gaston, malgré ses handicaps, avait réussi à filer côté jardin.

On raconta longtemps dans le canton, Casimir, que ce jour-là l'Esprit de Noël s'était insurgé contre la violence infligée à un enfant.

Chapitre VIII
Le baiser du traître

En sortant de l'hôpital, j'eus la surprise de constater que grand-maman, remise de ses émotions, stationnait la voiture devant le presbytère de Champvert plutôt que de filer directement à la maison.

— Où on va ? demandai-je, intrigué.

— J'ai un petit conseil à demander à monsieur le curé, répondit-elle. Je n'en ai pas pour longtemps.

— Mais t'as pas besoin de moi ! argumentai-je, affamé et mécontent d'être retardé pour le dîner.

— Oui, mon trésor, j'ai besoin de toi car tu me serviras de témoin devant grand-papa.

— Dis, grand-maman, pourquoi tu pleurais tantôt ?

Elle me contempla, encore un peu émue :

— Tu chantes si bien que j'ai cru reconnaître un instant la voix de mon petit frère Jules, murmura-t-elle.

La Fouine nous ouvrit bientôt et, avec un sourire entendu, nous fit ensuite passer dans un petit salon feutré, aux meubles démodés. La pièce sentait le désinfectant au pin. Nous nous assîmes sur un sofa dont les fleurs du tissu s'étaient depuis longtemps fanées. Comme grand-maman enlevait ses gants pour les ranger dans son gros sac à main noir qui ressemblait à une trousse de médecin, le curé Berville entra en coup de vent, une serviette de table encore nouée autour du cou. J'examinai les quelques taches qui décoraient la serviette, sans toutefois parvenir à deviner le contenu de l'assiette du curé.

— Madame Dostie ! s'exclama-t-il de son énorme voix. On vient justement de me téléphoner pour me raconter ce qui s'est passé à l'hôpital.

— Bonjour, monsieur le curé ! dit ma grand-mère en se levant. J'ai quelque chose de très grave à vous dire, mais je vois que vous êtes en train de dîner...

C'est à cet instant qu'il me vit examiner avec intérêt son bavoir. L'homme d'église arracha la bavette de son cou et la fourra rapidement dans la poche de sa soutane.

— Ah ! tu es là, toi aussi ! fit-il en fronçant les sourcils, soudain un peu renfrogné. C'est vraiment curieux que tu sois encore mêlé à cette nouvelle histoire, mon bonhomme...

Il s'assit à côté de moi, mais préféra s'adresser à mon aïeule, me lançant de temps à autre de petits regards suspicieux. Je me retins fermement après le bras du canapé afin d'éviter de tomber sur l'homme d'église, dont le poids faisait pencher le coussin du sofa en m'attirant irrésistiblement comme un aimant.

— Comme je le disais donc, reprit le curé après s'être éclairci la voix, on vient de me mettre au courant de ce qui s'est passé. N'allez surtout pas croire à des balivernes sans queue ni tête ou à des histoires de revenants, ma chère madame ! Il s'agit, au pire, de la mystification d'un mauvais plaisant. Parfois, les choses ne sont pas du tout ce que l'on croit. Tu en sais quelque chose, n'est-ce pas, Pierrot ?

Le curé Berville soutint mon regard. Il se pinça les narines, qu'il avait énormes, et celles-ci restèrent aplaties quelques secondes comme les galettes aux patates qu'on m'avait servies avant-hier pour souper.

— Je ne viens pas du tout vous voir pour cette supercherie, monsieur le curé, rétorqua grand-maman. Je viens solliciter votre aide pour quelque chose de beaucoup plus grave.

— Il fallait le dire tout de suite, chère madame, répondit-il d'un ton un peu bourru, furieux de s'être avancé sur une mauvaise piste, glissante par surcroît.

— Il s'agit de mon mari, monsieur le curé. Il a perdu la voix et il ne pourra pas chanter demain à la messe de minuit.

— C'est très ennuyeux, ça, marmonna le curé en se grattant le menton. Je ne vois personne pour le remplacer, sauf peut-être Joseph Quintal...

— C'est ce que j'ai moi-même dit à Dieudonné. Mais Jos n'acceptera jamais si c'est moi qui le lui demande, monsieur le curé. Mon mari et Jos, c'est la guerre à cause de ce que vous savez.

— Soit ! Je m'en charge ! répondit le curé en se levant pour se saisir aussitôt du récepteur d'un gros téléphone noir accroché au mur.

Quelques secondes plus tard, après avoir signalé le numéro, il avait Jos Quintal au bout de la ligne. Je me demandai avec intérêt si le poisson allait mordre à l'hameçon.

— Monsieur le maire ? hurla le grand et gros curé dans le récepteur comme s'il s'agissait encore d'un ancien appareil à cornet. Et mon idée d'hospice pour vieillards, vous y avez pensé ? Quoi ? Mais non, ça ne vous coûterait pas si cher puisque votre employé serait logé et nourri par la Fabrique ! Comment, le salaire est trop bas et vous ne trouvez personne... bougre de bougre...

Le curé Berville fulminait, bouillant d'une rage contenue devant le refus obstiné de Séraphin d'obtempérer à sa demande. Il avait totalement oublié le but premier de son appel. Grand-maman toussota pour lui rafraîchir la mémoire.

— Hum, j'avais un petit service à vous demander, continua l'homme d'église en adoucissant soudainement la voix. Pouvez-vous remplacer Dieudonné Dostie et chanter demain, à la messe de minuit ? Comment ? Oui, le pauvre, il a une extinction de voix. Quoi ? Vous voulez voir sa femme ? Mais… Bon, bon, je vous l'envoie tout de suite, mais il me faut votre réponse au plus tard cet après-midi… D'accord, bien aimable, monsieur le maire, au revoir. Au revoir.

Il raccrocha le récepteur, furieux, et nous envoya illico au bureau de la municipalité, situé juste en face. Cependant, au moment où j'allais sortir à la suite de ma grand-mère, le curé Berville m'empoigna par le bras :

— Dis-donc, toi, chuchota-t-il, tu n'aurais pas eu des nouvelles de Jules, par hasard ?

— Jules qui, monsieur le curé ? demandai-je niaisement.

— Ne fais pas le fin finaud avec moi, Pierrot Dostie, tonna-t-il. C'est un péché mortel de mentir à un curé. L'enfer te guette.

— Vous ne croyez tout de même pas aux histoires de fantômes, monsieur le curé ? demandai-je d'une petite voix moqueuse.

— Ah ! Va-t-en donc, insignifiant ! hurla-t-il en me refermant la porte au nez.

•

Nous dûmes attendre une dizaine de minutes dans la minuscule salle d'attente adjacente au bureau du maire. J'avais si faim que mon estomac protestait en émettant d'atroces plaintes un peu douloureuses. J'aurais bien dévoré les quelques chocolats offerts par la dame trop frisée qui, au fond de ma poche, attendaient leur fin, mais grand-maman s'y serait sûrement opposée avec vigueur. Séraphin n'allait donc jamais dîner, lui ? C'était sûrement pour économiser de la nourriture... La porte s'ouvrit brusquement dans un grincement sinistre et le maire se dirigea vers nous sans sourire.

— Bonjour, Aglaé, dit Jos Quintal en serrant la main de grand-maman d'une poignée ferme.

— Bonjour, Jos. Tu connais mon petit-fils Pierrot ? Pierrot, dis bonjour à monsieur le maire, voyons !

— Bonjour monsieur le maire, répondis-je mollement en baissant les yeux vers le plancher sale.

Cet homme m'intimidait et me faisait un peu peur. Je me demandai comment on pouvait prétendre qu'il avait une si jolie voix alors qu'il était si laid et si méchant.

— Les policiers ont-ils trouvé quelque chose ? s'enquit poliment mon aïeule.

— Non. Le seul témoin qui s'est présenté spontanément aux policiers, c'est Théodore, le fils à Mathieu (c'était Théo, ça ?). Il leur a cassé les oreilles en répétant que c'était le père Noël qui avait kidnappé Denis. Les recherches se termineront ce soir. Nous n'avons plus aucun espoir de retrouver mon petit-fils vivant, répondit Séraphin d'une voix sombre.

— Je suis vraiment désolée, Jos, fit ma grand-mère en lui tapotant le bras.

Il en profita pour lui saisir la main :

— Le Bon Dieu nous envoie des épreuves pour éprouver notre foi. Tu sais que la vie a toujours été dure avec moi, Aglaé.

Son regard, posé avec insistance sur la vieille femme depuis quelques minutes, me chercha soudain dans la pièce :

— Va donc t'asseoir de l'autre côté, toi, m'ordonna-t-il d'une voix sans appel. Ta grand-mère et moi avons à discuter de choses sérieuses.

Il ne me le répéta pas deux fois. Je retournai dans la salle d'attente dont les murs étaient entièrement recouverts de cartes géographiques de la région, de relevés topographiques et d'avis de reprises d'immeubles pour non-paiement de taxes.

— T'es pas pour te mettre à déchiffrer ces horreurs ! s'écria soudain Jules, à côté de moi. Il y a des choses bien plus importantes à faire. Regarde-moi bien aller.

En me faisant un clin d'œil, il passa tout bonnement à travers le mur de la pièce où grand-maman et son ancien soupirant s'étaient enfermés. Je me dirigeai à pas de loup vers la porte du bureau puis m'accroupis devant le trou de la serrure, l'œil avide et l'oreille tendue. C'était vraiment une chance qu'il n'y ait personne d'autre dans la salle d'attente.

Je les voyais maintenant tous les deux de dos, assis côte à côte. Jules était planté entre eux, attendant le moment propice pour agir.

— Même si j'ai marié Aurore, je ne t'ai jamais oubliée, Aglaé, affirma Jos Quintal.

— Nous avons fait notre vie chacun de notre côté, plaida grand-maman. Le temps arrange bien des choses.

— Peut-être, mais de là à ce que je rende service à Dieudonné, c'est une autre paire de manches !

— Je ne te comprends pas, Jos, rétorqua ma grand-mère. Tu es un homme d'affaires réaliste et terre-à-terre. Tu ne peux pas tenir rancune à mon mari pour quelque chose qui s'est passé voilà cinquante ans !

Jos Quintal, peut-être trop ému, tourna délibérément la tête vers la fenêtre pour fuir le regard de grand-maman. C'est à ce moment précis que je vis Jules se pencher vers la joue du vilain homme et y déposer un baiser.

Sans nul doute, Séraphin crut-il que ma grand-mère l'avait embrassé. Il se retourna d'un coup vers elle. Il était rouge comme un coq, le visage figé dans un étrange sourire.

— Aglaé ? s'étonna-t-il dans un murmure, un murmure cependant assez fort pour que je puisse l'entendre.

— Jos, s'il te plaît, pardonne à Dieudonné une fois pour toutes, supplia la vieille femme, ne se doutant pas le moins du monde de ce qui s'était passé.

— Demandé de cette façon, je ne peux rien te refuser, susurra Séraphin d'une voix méconnaissable. Je chanterai demain, pour te faire plaisir, Aglaé. Rien que pour toi.

Je réprimai un éclat de rire, puis, main sur la bouche, rejoignis précipitamment ma chaise.

Sacré Jules ! Ne devait-il pas agir seulement pour une question de vie ou de mort, celui-là ?

•

Je tressaillis légèrement en reconnaissant, stationnée devant la maison, la camionnette du boucher sur laquelle on pouvait lire le fameux slogan « Boucherie Larose, pour bien vous servir, on ose. » Soudain, je ne songeai plus à manger. Il n'était pas dans l'habitude de monsieur Larose de nous rendre de petites visites de courtoisie...

Des visiteurs nous attendaient au petit boudoir, grand-maman et moi, en placotant agréablement avec maman, grand-papa, Claudine et Camille. Marie-Hélène et son père nous saluèrent.

— Ah, Pierrot ! s'écria le boucher avec sérieux en se levant à notre entrée. Ce garçon est un véritable héros, monsieur Dostie ; il devrait être décoré !

Bon, qu'est-ce que j'ai encore fait ? me demandai-je en me préparant mentalement à affronter le pire.

Mais non, ce n'était ni un canular ni une remontrance. Monsieur Larose était parfaitement sérieux et raconta dans le moindre détail à ma famille abasourdie avec quel sang-froid j'avais sauvé Marie-Hélène en déchirant l'écharpe qui était prise dans la chenille de la motoneige et qui l'étranglait.

— Quand j'ai appris que Pierrot n'avait plus la permission de voir Marie-Hélène, je n'ai pas pu m'empêcher de venir à son secours, conclut le boucher. Remarquez, ce n'est pas de mes affaires...

Il sortit de sa poche un paquet de cigares, en offrit un à mon grand-père qui accepta aussitôt, avant d'en prendre un lui-même. Grand-maman, qui détestait l'odeur du cigare, fronça les sourcils, trop polie pour protester, mais avança un cendrier en retroussant la lèvre avec dédain. Je remarquai alors que les filtres des cigares du boucher étaient bruns.

— Vous savez, la punition de Pierrot est proportionnelle à ses vilaines actions, fit mon aïeul. Je ne sais pas comment, vous, vous avez puni votre fille, mais ici on ne pouvait pas passer à côté d'un agissement aussi répréhensible...

Ils parlaient de notre incursion au Coquerelle-Bar, évidemment.

— Marie-Hélène a été privée de télévision pour une semaine, répondit le boucher en expirant la fumée avec délice. Mais Noël approche, monsieur Dostie, c'est le temps du pardon...

— Il y a beaucoup de cigares qui ont des filtres bruns ? demandai-je inopinément.

— Voyons, Pierrot ! me réprimanda maman. Il n'est

pas du tout poli d'interrompre la conversation des grandes personnes, tu le sais bien.

— Laissez-le faire, madame, répondit le boucher qui, décidément, cherchait par tous les moyens à prendre ma défense. Je dirais, Pierrot, que 95% des cigares à filtres ont un filtre de cette couleur.

— Quelle est la marque des cigares qui ont un filtre jaune ? demandai-je encore.

— Ce sont des Empirus. Ils sont dispendieux et leur arôme est très délicat. J'en ai acheté une fois, au terminus. Mais pourquoi t'intéresses-tu tant aux cigares, mon gars ? Tu es bien jeune pour fumer.

— J'ai commencé à collectionner les filtres, affirmai-je.

— Ouach ! C'est dégoûtant, s'exclama Claudine. Imagine la bave de tout le monde dessus !

— On dit salive, Claudine, pas bave, rétorqua maman, que cette conversation commençait à mettre mal à l'aise. Nous ne sommes pas des crapauds, à ce que je sache.

— À ma connaissance, il y a seulement une personne au village qui fume des cigares à filtres jaunes, continua le boucher. C'est notre bon vieux centenaire ! À croire que fumer permet de rester jeune !

Tout le monde éclata de rire en protestant vigoureusement, mais Marie-Hélène me dévisagea d'un air interrogateur. Je lui fis un petit clin d'œil et me promis de lui faire part de mes soupçons dès que possible.

Ainsi, Casimir, la cocotte de Champvert n'avait peut-être pas menti en affirmant que monsieur Alphonse était venu lui rendre visite à l'hôpital. D'autres visites amicales, quoique improbables, pouvaient aussi expliquer pourquoi j'avais vu un bout filtre jaune dans le stationnement du Coquerelle-Bar. Néanmoins, j'imaginais mal le vieillard de cent ans fréquenter un tel bar ou s'esquinter à monter le petit escalier en colimaçon qui menait en haut du clocher de l'église. Seul Théo, l'autre *mâchouilleur* de filtres jaunes, aurait pu grimper là-haut.

Chapitre IX

Les jeux interdits

Le 24 décembre après-midi, chassés de la maison par des mères débordées qui préparaient les traditionnels tourtières, ragoûts de pattes de cochon, bûches de Noël et beignets, incontournables plats d'un somptueux banquet de réveillon, Matawin, Dan, Alain, Marie-Hélène et moi nous retrouvâmes une fois de plus sur les berges glacées du fleuve. Après avoir glissé une bonne heure, nous passâmes un moment à admirer les glaces qui se déplaçaient en se fonçant mutuellement les unes sur les autres, telles des autos tamponneuses de fêtes foraines. Sous la violence de l'impact, dans un craquement sinistre, une crevasse zigzaguait alors sur chacun des glaciers, les brisant comme l'aurait fait une secousse sismique.

— Nous retrouverons Ti-Cochon au printemps, lança soudain Matawin ; il fera partie du spectacle aux cadavres.

— Le spectacle aux cadavres ? repris-je d'un ton interrogatif en frissonnant d'horreur.

— Oui, renchérit lugubrement Alain. Champvert, c'est la place où l'on repêche tous les noyés. Le courant les amène toujours ici, allez chercher pourquoi... J'en ai vu deux l'an passé : c'est tout boursouflé, tout vert, il y a de quoi faire des cauchemars.

Notre silence perdura sur sa vision d'horreur. Soudain, sans crier gare et comme pour chasser notre morbidité, Dan prit son élan, sauta sur le glacier qui se mouvait lentement devant nous, puis, de quelques bonds, hop-ci hop-là, hop-ci hop-là, rejoignit un autre glacier qui flottait un peu plus au large.

— Dernier rendu, c'est lui qui pue ! fanfaronna-t-il en nous invitant d'un geste à l'imiter.

Ce que nous fîmes aussitôt, à l'exception de Marie-Hélène, qui préféra rester plantée sur la berge à s'insurger contre notre témérité.

— C'est trop dangereux ! cria-t-elle, affolée. Vous allez vous noyer si vous tombez dans une crevasse ! C'est interdit de faire ça !

Néanmoins, nous ne l'écoutâmes pas, fascinés par le goût du risque, semblables à des grenouilles bondissantes sans cervelle qui auraient sauté au-dessus des gueules grandes ouvertes d'alligators affamés. C'était à celui qui se rendrait le plus loin vers le large sans tomber à l'eau ou sans se faire coincer entre deux banquises. Je bondis d'un petit iceberg à l'autre, les crevasses se formant brusquement sous mes pieds, pour finalement rejoindre mes copains sur la plage enneigée. Nous nous moquâmes gentiment de Marie-Hélène qui pleurnichait de peur. Le jour tombait et le ciel s'était teinté d'orangé, présage d'un lendemain ensoleillé.

— Nous devions rentrer à la maison à quatre heures pile, Matawin ! annonça soudain Dan à l'adresse de son frère aîné. On est déjà en retard.

— Moi aussi je dois partir, renchérirent tour à tour Marie-Hélène et Alain en me tournant le dos.

Tandis que mes amis s'éloignaient à la hâte, je restai seul sur la plage, cherchant quelque faux-fuyant pour retarder encore le supplice du bain et du shampoing qu'on m'infligerait dès mon retour à la maison. J'étais en retard, moi aussi. Dans mon cas, c'est ce qui s'appellerait se faire passer un savon…

Cette année, j'exécrais les préparatifs de Noël. Hier encore, tandis que ma famille décorait allégrement le traditionnel sapin, je m'étais réfugié dans ma chambre pour pleurer. Noël ne serait plus jamais Noël pour moi. Plus jamais je n'entendrais la voix de papa fredonner *Les anges dans nos campagnes* quand j'accrocherais méticuleusement les glaçons argentés deux par deux au bout des branches odorantes. Je reniflai et, d'une mitaine furtive, essuyai la larme qui courait sur ma joue rougie par le froid mordant.

Je sautai à nouveau sur la glace, tentant de surpasser une toute dernière fois mes exploits antérieurs. Le cœur battant, j'entendis le craquement de la glace qui se pourfend et, voulant éviter la crevasse qui déjà courait sous mes pieds, je bondis vers l'iceberg voisin, à environ un mètre…

comprenant trop tard que cette distance était trop grande pour moi.

Je glissai et perdis pied. Et à cet instant où je n'en finissais plus de tomber, Casimir, car ce fut comme si le temps s'était figé dans la glace lui aussi, je m'imaginai englouti dans les eaux sombres du fleuve, acteur tout désigné pour la distribution du spectacle aux cadavres d'avril prochain. Cependant, comme par miracle, ma main s'agrippa de justesse au glacier à la dérive tandis que mon corps fracassait l'onde en tombant. De l'eau glacée jusqu'au cou, je me hissai avec une difficulté inouïe sur le glacier, où je m'écroulai, soudain soulagé de ne pas avoir servi de tampon dans l'impact de ces deux monstres blancs qu'étaient les banquises.

Je repris mon souffle, tremblant à la fois de peur et de froid, puis m'agenouillai pour constater que le glacier sur lequel je m'étais clandestinement embarqué dérivait lentement vers le large. Je criai de toute la force de mes poumons pour tenter d'alerter les riverains. En vain, car personne ne pouvait plus m'entendre à présent. Je songeai un instant à repartir à la nage vers la rive avant d'être emporté trop loin, mais une voix, près de moi, m'écorcha les oreilles par sa mauvaise humeur :

— Pas question de retourner à la nage, tu m'entends, tête heureuse ?

Jules, mains sur les hanches, me considérait, mi-figue, mi-raisin (ça veut dire qu'il ne savait pas s'il devait rire ou se fâcher), en hochant la tête d'un air découragé. Je me sentais complètement idiot avec mon habit de neige et mes bottes tout imbibés d'eau, et j'avais la ridicule impression d'avoir effectué une plongée en scaphandre en oubliant d'enfiler mon casque. Bref, je me sentais comme un cornichon qui marine dans un pot de vinaigre.

J'éclatai de rire et il me fit chorus. Le problème, c'est que je ne pouvais plus m'arrêter.

— Arrête, Jules, sinon je vais faire pipi dans ma culotte, suppliai-je, plié en deux, en me dandinant sur place.

— Au point où tu en es, rétorqua-t-il en hurlant de rire, ça changerait pas grand-chose !

— Oh non, trop tard ! m'exclamai-je sans pouvoir contrôler davantage ma pauvre vessie, aussi pleine qu'une outre.

Finalement, mes claquements de dents eurent raison de notre hilarité croissante.

— Je vais sûrement attraper une pneumonie avec tout ça, me plaignis-je en grelottant. Qu'est-ce que t'attends pour me sortir de là ?

— On dit « s'il vous plaît » quand on est poli, pisseux.

— Bon, si tu veux : s'il te plaît…, fis-je en maugréant un peu, sans éprouver la moindre honte de mon incontinence.

Une bonne chaleur m'enveloppa aussitôt. J'examinai mes vêtements : ils étaient totalement secs et, qui plus est, aussi chauds que si on les avait sortis d'une sécheuse. Je soupirai d'aise.

— Regarde bien maintenant, me dit mon fantôme.

Il gonfla les joues, puis, malgré qu'il eût déjà expiré son dernier souffle depuis plus de cinquante ans, souffla à s'époumoner. Notre banquise se mit alors à avancer en se faufilant à toute allure entre les glaces, propulsée par son extraordinaire haleine, pour finalement accoster en douceur à quelques kilomètres de là, sur la même rive.

L'endroit, situé entre deux villages, était bordé d'épais boisés et je savais qu'il n'y avait pas âme qui vive à plusieurs kilomètres à la ronde. Nous débarquâmes sur la berge et, neige jusqu'aux genoux (Jules flottait, lui), je parvins à gagner le boisé qui longeait la rive. Le soir tombait et un parfait silence enveloppait la forêt endormie tandis que je me faufilais entre les grands arbres à la suite de mon spectre en soufflant bruyamment.

Je vis soudain, imprégnée sur la neige, une piste de motoneige à moitié effacée. Nous la suivîmes d'un commun accord, trop contents d'être enfin connectés à la civilisation, et parvînmes ainsi à une clairière entourée d'épinettes. Là, au milieu de cet endroit dégarni, gisait une motoneige abandonnée, ou plutôt ce qui en restait.

Je m'approchai prudemment, constatant que l'engin s'était arrêté au centre d'un cercle qui faisait au moins trois mètres de diamètre et dans lequel, bizarrement, il n'y avait pas de neige. Je fus envahi par une très nette impression d'étrangeté et, me tenant toujours à l'écart du mystérieux cercle, j'en fis le tour en examinant méticuleusement le véhicule rouillé dont on ne pouvait même plus identifier la couleur d'origine. La motoneige était dans un état si pitoyable qu'on aurait cru voir une antiquité défraîchie datant d'avant-guerre. Cependant, sa plaque d'immatriculation indiquait bien 1963, l'année en cours. En fronçant les sourcils de dégoût, j'avisai deux squelettes d'oiseaux tombés à quelques centimètres du véhicule et m'approchai davantage pour les examiner. Comme j'allais déposer un pied à l'intérieur de la zone desséchée afin de poursuivre plus avant mes investigations, une voix grave retentit et me fit reculer :

— Ne vous avisez pas, jeune homme, de vous aventurer plus loin.

Je vis alors, debout à côté du cercle, un vieillard maigre et barbu, vêtu d'une longue robe en lin, les mains agrippées à une canne de bois blond. Je cherchai Jules du regard, mais le bougre avait disparu, me laissant seul avec l'étrange personnage.

— Bonjour, Pierrot, me dit-il en souriant, avec un accent singulier que je ne parvins pas à identifier.

— Bonjour, monsieur, répondis-je poliment, me demandant de quelle façon il avait réussi à connaître mon prénom.

— Mon nom est Achlar, continua-t-il d'une voix douce et chaleureuse en s'approchant de moi. Mais plusieurs me surnomment aussi saint Nicolas. Le Maître des Lumières m'a dit beaucoup de bien de vous.

— Vous connaissez le Maître des Lumières ? demandai-je, estomaqué.

— Je suis l'un des Rois mages, voyez-vous, reprit le vieillard qui, décidément, avait entrepris de me vouvoyer.

— Les Rois mages ne s'appelaient-ils pas Melchior, Gaspard et Balthazar ? lui rétorquai-je, sceptique.

— Oui, il y a eu ceux-là, bien sûr, qui ont fait la toute première visite à l'Enfant. Mais nous avons été plusieurs par la suite à effectuer d'autres visites. L'Histoire nous a quelque peu oubliés, voyez-vous.

— Vous viviez il y a deux mille ans ? m'écriai-je, éberlué.

— En effet.

— Et vous avez apporté des cadeaux à Jésus ?

— Oui, jeune homme, répondit-il en déposant une main sur mon épaule. De Perse j'ai amené l'encens, alors que d'autres rois, sages et érudits, ont apporté l'or et la myrrhe.

— J'ai toujours pensé que c'étaient des cadeaux bizarres pour un bébé, lançai-je étourdiment.

Achlar éclata de rire.

— Mais ce sont des symboles, jeune homme ! Les trois grands symboles qui représentent l'expérience humaine sur Terre : l'or symbolise la matière ; l'encens, l'éther ; et la myrrhe, la Force vivifiante. Autrement dit : le corps, l'esprit et l'âme, voyez-vous.

Je ne voyais pas du tout, mais je me retins bien de le lui dire.

— Vous êtes vraiment le père Noël ? demandai-je encore en supputant sa silhouette décharnée.

— Pas dans le sens où vous l'entendez, jeune homme, répondit le vieillard d'un air malicieux. Je ne fais pas de distribution de jouets en descendant par les cheminées et, comme vous pouvez le constater, je n'ai ni lutins ni attelage de rennes avec moi. Cependant, ce que je prodigue aux enfants est mille fois plus important ; je leur apporte un peu de l'Esprit de Noël, constitué de joie et de bienveillance.

— L'Esprit, c'est aussi l'encens ?

— Je vois que vous avez parfaitement compris, jeune homme. Vous avez le cœur pur. Hélas, continua-t-il tristement, tous les enfants ne sont pas comme vous. Il y en a un qui est venu ici, sur cette machine assourdissante, voilà peu de temps, mais que je n'ai malheureusement pu aider.

Je tressaillis. Cette motoneige à moitié rongée par la rouille pouvait-elle être celle que conduisait Ti-Cochon ? Mon cœur affolé bondit dans ma poitrine tandis que mon regard se braquait sur le véhicule qui, maintenant, n'était plus qu'un vulgaire tas informe de ferraille. Ma parole, il vieillissait à vue d'œil !

— Qu'est-il arrivé à Denis Quintal, monsieur Achlar ? demandai-je d'une voix tremblante d'émotion.

Le vieillard me considéra avec étonnement :

— Vous connaissez donc cette jeune âme perdue ? Eh bien, il est rentré dans la zone infinie malgré mes recommandations, fulmina-t-il.

— La zone infinie ?

— C'est ce cercle, voyez-vous, qui me sert à revenir sur Terre une fois l'an, l'espace de quelques jours, en traversant le Temps. Nul autre que moi ne peut y mettre les pieds sans vieillir instantanément à jamais. Mais venez avec moi, plutôt. Vous verrez de vos propres yeux ce qui est arrivé à votre jeune ami. N'ayez aucune crainte, il ne peut rien survenir de fâcheux si je suis avec vous.

Il m'empoigna la main pour m'amener jusqu'au cercle. Son regard tomba brusquement sur le squelette des volatiles déplumés.

— Encore deux autres écervelés ! s'écria-t-il en secouant la tête. Décidément, je dois voir à tout...

Achlar dirigea le bout de sa canne vers les pauvres carcasses déplumées. Un jet de lumière bleu en jaillit puis les enveloppa aussitôt. Sous mes yeux émerveillés, je vis les oiseaux reprendre vie et s'envoler.

— Bon, allons-y maintenant, déclara le vieillard, satisfait, en saisissant à nouveau ma main.

Nous entrâmes alors dans une lumière jaune éclatante où tout n'était que pure vérité. C'est dans cette lumière, Casimir, que j'appris ce qui était vraiment advenu de Ti-Cochon.

Chapitre x
La disgrâce du mauvais fils

Achlar et moi flottions librement au plafond d'une cuisine qui m'était inconnue. Torticolis chronique, assise à la table au-dessous de nous, épluchait tristement des pommes de terre. Je compris qu'elle ne nous voyait pas et que nous étions, pour ainsi dire, devenus invisibles aux yeux des mortels.

La pièce était froide et meublée pauvrement. Je savais, sans d'ailleurs que personne ne me l'ait dit, qu'il n'y avait ni toilette, ni réfrigérateur, ni laveuse, ni sécheuse dans cette maison. Je connaissais aussi parfaitement le contenu de l'armoire à glace qui servait de frigo, comme dans les années vingt. Il ne restait plus en tout et partout dans cette maison que quatre pommes de terre à manger.

Denis Quintal entra dans la pièce en se traînant les pieds.

— Encore des patates ? maugréa-t-il avec mauvaise humeur en assénant un coup de pied sur une des chaises. Des patates pour déjeuner, des patates pour dîner, des patates pour souper ! J'en ai assez de manger rien que des patates, moi !

— Je le sais bien, fit sa mère sans même lever les yeux sur lui : c'est tout ce que nous avons à manger, mon pauvre Denis, depuis que j'ai perdu mon travail à la manufacture. Mais le boucher Larose doit me donner tous les troufignons de ses poulets à partir d'aujourd'hui. Tu iras les chercher après l'école.

— Pas question ! s'insurgea le garçon. J'en ai assez qu'on nous fasse la charité, m'man !

— Si seulement tu avais accepté le travail au moulin, après l'école, nous aurions eu un peu d'argent… Cela m'aurait aidée, en attendant que le curé Philibert me trouve un autre emploi.

— Pas question que je travaille ! cingla encore Denis avec mauvaise humeur. J'ai bien assez de l'école, moi. Et parlons-en de ton curé ! Il pourrait nous donner à manger, lui !

— Ce n'est pas *mon* curé ! dit Torticolis chronique en haussant le ton et en déposant brusquement son couteau sur la table. Tu n'as pas envie de colporter des ragots sur mon compte, toi aussi, comme le font ton grand-père et toutes les mauvaises langues du village ? Tout ça, parce que le curé Philibert a eu l'amabilité de m'aider à transporter jusqu'à la maison les vieilles patates racornies que m'avait données la Fouine ! D'ailleurs, tu ne fais rien de bon, à l'école, par les temps qui courent. Tu n'as que de mauvaises notes et maintenant, en plus, tu te bats.

— Papa se battait tout le temps, lui aussi !

— Ton père n'est pas un exemple à suivre, mon garçon, répliqua sèchement la femme en froissant le journal contenant les épluchures. Nous n'en serions pas à manger seulement des pommes de terre s'il ne nous avait pas abandonnés.

— C'est un marin, il reviendra ! hurla Ti-Cochon.

— C'est rien qu'un sans-cœur comme toi ! cria sa mère, à son tour. Il ne reviendra jamais !

Le garçon sortit de la maison en claquant la porte et sa mère se cacha le visage dans les mains pour pleurer.

L'image se brouilla, et Achlar et moi nous retrouvâmes soudain au-dessus du fleuve où nous pûmes distinguer des enfants qui jouaient sur le rivage blanc. Nous descendîmes pour mieux voir, tout en continuant de flotter à environ trois mètres au-dessus d'eux. Il s'agissait en fait de mes amis et... de moi.

Je me regardai jouer avec eux un long moment, tout en intégrant Denis à ma perspective, lequel s'affairait plus loin à creuser un piège dans la neige. Achlar et moi revîmes entièrement la scène où il me tendait un guet-apens et je ressentis avec douleur sa haine à mon égard. Puis, lorsque vint le moment où Marie-Hélène tombait de la motoneige, je fus frappé par la totale indifférence que Ti-Cochon affichait en la voyant suffoquer, insensible à son malheur. Se précipitant sur le véhicule, il n'avait pensé qu'à s'en saisir, incapable même de songer qu'il aurait pu venir en aide à mon amie de quelque façon que ce soit.

Au volant de sa motoneige, Denis jubilait en se croyant fort et invincible. Il se fraya un chemin à travers la forêt, sans savoir d'ailleurs où il se rendrait au juste, enivré par un puissant sentiment de liberté.

Il roulait depuis presque une demi-heure lorsqu'il arriva dans une clairière marquée d'un grand cercle de terre battue. Au milieu de ce cercle, un frêle vieillard barbu, vêtu d'une longue robe en lin, lui fit signe de s'arrêter, ce qu'il fit.

— Qu'est-ce que tu veux, vieille barbe ? demanda abruptement Ti-Cochon.

Le vieillard (qui n'était autre que Achlar, tu l'auras deviné) sourcilla à peine devant l'impolitesse.

— Je suis perdu et je meurs de faim et de froid, répondit-il. Auriez-vous la bonté de me ramener sur votre engin jusqu'au prochain village ?

— Tu parles d'une idée, aussi, de te promener en jaquette et en sandales en plein hiver ! On dirait que tu t'es sauvé d'un asile ! ricana Denis, qui remettait le skidoo en marche. Organise-toi donc tout seul !

— Vous venez de perdre votre dernière chance de vous racheter, jeune homme, dit alors Achlar d'une voix tranchante en levant l'extrémité de sa canne de bois blond vers lui. Vous tomberez à jamais dans la Géhenne !

La Géhenne, Casimir, c'est l'autre nom qu'on donne à l'enfer.

— C'est toi qui vas tomber, l'ancêtre ! hurla Ti-Cochon en fonçant sur lui avec son engin, dans le but évident de le terroriser.

Comme il allait le happer, le vieillard disparut et la motoneige s'immobilisa au beau milieu du cercle.

— Sale machine ! fulmina Ti-Cochon en assénant quelques coups de pied sur la chenille du véhicule, scrutant les alentours à la recherche du vieillard qui s'était volatilisé.

Soudain, Denis ressentit une terrible douleur dans la poitrine. Il s'affala sur le sol quelques secondes, à demi inconscient. Lorsqu'il se releva, les vêtements en loques, il ne savait plus qui il était ni où il se trouvait. Il marcha très longtemps en remontant la piste de motoneige jusqu'à Champvert, puis, apercevant l'église, décida de s'y reposer un moment.

Il entra donc dans l'église pendant la séance spéciale du curé Berville, sans même réaliser qu'il avait vieilli de cent ans.

— C'est pas juste ! pauvre Denis... laissai-je échapper dans un long soupir après que Achlar et moi eûmes réintégré la zone infinie.

Je me sentais un peu responsable du sort de Ti-Cochon qui, tout comme moi, avait été privé de père.

— Tout est juste, Pierrot, dit Achlar d'une voix grave. On ne franchit jamais le cercle de l'infini par hasard. Votre ami a échoué l'épreuve qui lui aurait permis de s'unir à l'Esprit de Noël en faisant preuve de bonté et de charité envers les hommes. Il a mérité sa disgrâce, voyez-vous.

— On ne peut rien faire pour le sauver, monsieur Achlar ? demandai-je encore avec insistance.

— Rien, si ce n'est que réussir à lui faire éprouver un sentiment de compassion à l'égard de quelqu'un, ce qui me semble bien peu probable, en vérité. Mais le temps presse : son existence sur Terre cessera ce soir, à minuit.

— Je sais ce qu'il me reste à faire, déclarai-je alors résolument. Reconduisez-moi vite à Champvert, s'il vous plaît.

•

Je me rendis d'abord chez Marie-Hélène, sur la P'tite Rue. Ça me faisait tout drôle de me retrouver là sans appréhender le moindre tir de trognons de pomme.

Elle m'ouvrit elle-même la porte. Sa maison sentait bon le pain d'épices et le ragoût de pattes, et je réalisai, au gargouillement soudain de mon estomac, que j'étais affamé.

— Pierrot ? s'étonna-t-elle en me dévisageant. Ne me dis pas que tu n'es pas encore rentré chez toi ? Il est au moins six heures et quart...

— Marie-Hélène, j'ai besoin de toi, lui dis-je gravement en soutenant son regard bleuté. C'est une question de vie ou de mort pour Denis Quintal. Ne me pose pas de questions et téléphone tout de suite chez moi pour dire à ma mère que tu m'invites à souper et que je la rejoindrai à la messe de minuit.

— D'accord, répondit-elle, le front plissé d'une légère vague d'inquiétude. Mais à la condition que ton génie soit là pour te protéger. Dis-lui bien ça de ma part.

Elle déposa un baiser furtif sur ma joue rougie par le froid et referma la porte. Je devins plus écarlate encore et sentis littéralement des ailes me pousser aux pieds. Tandis que je courais jusqu'au presbytère, les dernières paroles de Marie-Hélène me rebondirent à l'esprit et je réalisai qu'elle avait deviné l'existence de Jules. Je sonnai à la porte. La Fouine m'ouvrit et me fixa avec surprise, comme l'avait fait précédemment Marie-Hélène.

— Je dois voir le curé tout de suite, dis-je avec précipitation.

— Il est très occupé en ce moment, répondit-elle tristement. Il prépare son homélie pour la grand-messe de minuit ; tu reviendras demain.

L'homélie, Casimir, c'est le sermon du prêtre après la lecture de l'Évangile.

— Je vous en prie, madame, implorai-je en joignant les mains, c'est une question de vie ou de mort…

— Je vais voir ce que je peux faire.

Elle s'éloigna en trottinant pour disparaître au fond du long couloir. J'entendis alors les furieux éclats de voix du curé Berville, certainement excédé d'être dérangé. La femme revint en s'épongeant les yeux :

— Assis-toi, mon beau, me dit-elle, contre toute attente. Il va te recevoir dans quelques minutes.

Je la remerciai et m'assis dans le petit salon feutré qui sentait bon le pin en prenant mon mal en patience.

— Encore toi ? s'écria soudain le curé Berville d'une voix tonitruante en entrant d'un pas pesant dans la pièce. Qu'as-tu encore fait, chenapan, pour oser venir me couper l'inspiration ?

— Vous allez être très content, monsieur le curé, déclarai-je d'un air triomphant en me plantant illico sous son nez. Le maire va être obligé de l'ouvrir, votre hospice.

Le grand et gros homme à soutane me considéra, incrédule, pendant dix bonnes secondes avant qu'un immense sourire n'éclaire enfin son visage.

— Comment, tu es au courant de mon prodigieux projet, Pierrot ? J'ai eu une idée sublime en voulant donner une nouvelle vocation à notre ancien presbytère, mais la municipalité refuse d'investir un sou pour les rénovations si je ne paie pas moi-même les employés qui s'occuperont des personnes âgées. Je n'ai encore trouvé personne qui accepterait de travailler pour un si maigre salaire, mais...

— Je viens de vous dire que le maire n'aura plus le choix ! lui lançai-je avec impatience, en tapant du pied.

Il se tut pour mieux me dévisager, posant ses deux grosses mains sur mes épaules :

— Que me chantes-tu là, Pierrot ? Toi, tu as découvert un moyen pour obliger le maire à payer les dépenses pour l'hospice ?

— J'ai trouvé quelqu'un qui accepterait ce salaire à la condition d'être logé et nourri, affirmai-je d'un ton catégorique. C'est la mère de Gaston Laflamme.

Elle adore les personnes âgées. Téléphonez-lui tout de suite, si vous voulez ; elle est en convalescence à l'hôpital pour quelques jours encore.

Le curé Berville, fou de joie, me tapota joyeusement l'épaule. Soudain, il s'immobilisa, dépité :

— Je n'ai pas besoin d'un employé, mon enfant, mais bien de deux, gémit-il à nouveau.

— La mère de Denis Quintal n'a plus son emploi à la manufacture, monsieur le curé. Ça lui rendrait sûrement un gros service de travailler à l'hospice, lui suggérai-je aussitôt.

Cette fois, c'en était trop pour lui, et deux grosses larmes de joie s'écrasèrent sur ses joues enflammées. Il me serra brutalement dans ses bras.

— Mon hospice ! C'est mon plus beau Noël depuis longtemps, murmura-t-il tandis que je suffoquais sous sa terrible étreinte.

— Lâchez-moi, monsieur le curé, il faut que je parte, maintenant.

À ma demande, Achlar, qui ne savait pas du tout où je voulais en venir, me conduisit ensuite à l'hôpital où étaient hospitalisés la cocotte et monsieur Légaré.

— Vous n'aurez pas un peu trop chaud, jeune homme, avec tous ces vêtements ? me demanda-t-il avant de me rendre à nouveau ma visibilité.

Puis, d'une rotation de sa canne, il m'habilla promptement de mes vêtements du dimanche, éclipsant tuque, mitaines, ensemble de neige et bottes.

— Voilà, fit-il d'un ton satisfait avant de disparaître lui-même. Maintenant, vous serez beaucoup mieux.

Faisant fi de l'odeur et de la chaleur aseptiques qui m'assaillirent dès mon entrée, je longeai furtivement les murs blancs, tel un rat traqué. C'était encore, fort heureusement, l'heure des visites et, malgré le fait que les enfants ne fussent pas admis, je réussis à me camoufler derrière une grosse dame à chapeau à fleurs, puis à me faufiler jusqu'à une des chambres dont la porte était entrouverte.

Je tombai pile sur la cocotte. Elle était seule dans la minuscule chambre blanche où, assise sur son lit et téléphone à la main, elle me considéra des pieds à la tête avec stupeur. Je refermai aussitôt la porte sur nous.

— Pierrot ? réussit-elle enfin à articuler. Tu as des ailes dans le dos, ou quoi ? Je raccroche le téléphone à l'instant avec le curé Berville qui me disait que tu sortais à peine du presbytère...

— Comme vous voyez, il exagère un peu, mentis-je en m'assoyant au pied de son lit.

— Imagine-toi qu'il m'a trouvé un emploi ! s'exclama-t-elle avec bonheur, oubliant aussitôt l'impossible délai qu'il m'aurait fallu pour venir jusqu'à elle. Je commence à travailler à l'hospice dès que je pourrai marcher ! Je suis si heureuse ! Je ne pourrai jamais assez te remercier.

— Justement, j'avais une petite faveur à vous demander…

— Tout ce que tu voudras.

Aux grands maux les grands remèdes, comme on dit, Casimir. Il était huit heures et il n'y avait plus une minute à perdre.

Chapitre XI

Au dernier coup de minuit

Il nous fallut attendre l'extinction des lumières de dix heures pour agir, car les patients de sexe différent n'avaient pas le droit de se visiter mutuellement dans leurs chambres respectives. Par ailleurs, bien que l'on se trouvât à la veille de Noël, aucune fête n'avait été prévue pour réunir les malades de l'hôpital.

Caché sous le haut lit, j'attendis que l'infirmière à l'air rébarbatif de bouledogue se soit éloignée avant de subtiliser adroitement une chaise roulante alignée dans le couloir, et j'y installai la cocotte, à qui j'avais expliqué le déroulement de mon stratagème. Puis, la poussant à toute vitesse jusqu'à l'ascenseur, je priai qu'on ne nous interceptât pas au passage.

— Au quatrième ! décréta-t-elle en étouffant un fou rire, une fois la porte de l'ascenseur refermée sur nous. Je sais exactement où se trouve la chambre de monsieur Légaré.

Les battements de mon cœur augmentaient proportionnellement au nombre d'étages gravis et je me demandais avec angoisse comment l'infirmière de service du quatrième étage pourrait ne pas nous voir.

— Je m'en occupe, clama soudain Jules, à côté de moi, qui d'ailleurs avait l'air de s'amuser. Je vais faire retentir les sonnettes de quelques chambres, le temps que vous sortiez de cette cage à rats. La surveillante ne saura plus où donner de la tête !

Je respirai mieux et la crampe qui me labourait l'estomac depuis quelques minutes se dissipa comme par enchantement. Quelques secondes plus tard, la porte de l'ascenseur s'ouvrit en effet sur un comptoir de réception totalement déserté.

— Vite, à droite ! chuchota la mère de Gaston tandis que je la menais en galopant le long de l'étroit corridor vert pomme.

Je poussai la porte de la chambre 408 à l'aide de mon fessier, tout en tentant de faire entrer la chaise roulante à travers son seuil étroit. Je dus m'y prendre à trois reprises, la porte se refermant chaque fois automatiquement à cause du satané mécanisme à ressort. Finalement, c'est en nage que je refermai la porte sur nous.

La chambre, plongée dans le silence et l'obscurité, était séparée en deux par des rideaux accrochés à une tringle du plafond. Je compris qu'il y avait aussi un second malade alité dans cette chambre malodorante mais qui, pour notre plus grand bonheur, dormait déjà ou était complètement sourd. La cocotte, qui semblait connaître les lieux comme le fond de sa poche, me désigna sans hésiter le lit près de la fenêtre, jusqu'où je la fis rouler. J'entrouvris le rideau et je nous y engouffrai illico.

Cependant, Denis Quintal, alias monsieur Légaré, lui, ne dormait pas. Il se redressa brusquement sur son séant et la cocotte eut tout juste le temps, de sa main encore alerte, d'étouffer le cri de peur qui allait sourdre de sa gorge. Je me camouflai habilement derrière la table de chevet à la vitesse de l'éclair avant qu'il ne m'ait vu, m'étirant le cou pour mieux suivre la conversation.

— Chut ! c'est moi Roberte, chuchota-t-elle. Vous me reconnaissez, n'est-ce pas, monsieur Légaré ?

Il fit un signe de tête affirmatif et, dans la pénombre, je distinguai la main de la cocotte qui lui caressait l'épaule pour le rassurer. Soudain, la lune surgit à travers l'écran nuageux du ciel, leur offrant à tous deux, par la fenêtre aux rideaux mal tirés, une douce clarté.

— Je suis venue vous annoncer une bien mauvaise nouvelle, commença à voix basse la mère de Gaston. Je viens d'accepter de travailler à l'hospice pour vieillards qui va bientôt ouvrir ses portes à Champvert ; je ne pourrai malheureusement plus m'occuper de vous.

Il ne répondit pas, comme insensible à son propre malheur, et se contenta de la regarder fixement.

— Je me suis attachée à vous, monsieur Légaré, depuis que je suis à l'hôpital, continua la cocotte en reniflant par petits coups. Vous me manquerez beaucoup, vous savez. Un jour, j'ai dû abandonner mon petit garçon que j'aimais tant pour aller travailler à la ville ; il a cru que je l'abandonnais pour toujours et j'ai été trop sotte et trop orgueilleuse pour tenter de me faire pardonner. Maintenant, c'est vous que j'ai l'impression d'abandonner. J'ai l'impression de n'être qu'une sans-cœur, monsieur Légaré. Me pardonnerez-vous si je vous dis que je le fais pour retrouver mon petit garçon ?

Elle se mit à pleurer, cachant ses yeux secs de ses mains tremblantes. Elle jouait très bien la comédie, en vérité, et je me demandai pourquoi elle avait accepté si vite de recourir à la ruse pour m'aider à gagner le cœur du vieillard malcommode. Cependant, à entendre ses petits gémissements mouillés, je compris brusquement, le cœur serré, qu'elle pleurait réellement.

Et le miracle se produisit, Casimir : Denis Quintal, le vieil homme à l'esprit perdu, réveilla subitement sa conscience. Un souvenir de sa propre vie avait-il surgi à sa mémoire ? Avait-il pensé à son père, qui l'avait lui-même abandonné, mais qu'il aimait toujours ? Tout ce que je sais, c'est qu'il empoigna la main de sa compagne d'infortune et la frotta sur sa joue mouillée, qu'une larme faisait reluire dans la pénombre :

— Ne pleure pas, dit-il de sa petite voix chevrotante. Ton garçon va tout comprendre et il ne t'en voudra plus. Tu es une bonne maman. Mais, je t'en prie, retourne t'en occuper au plus vite.

Son visage resta soudain figé, semblable à un masque d'argile qui aurait durci sur sa tête. Roberte, la cocotte, s'était elle aussi immobilisée dans le temps. Une grande lumière baigna à ce moment la chambre, en même temps qu'un silence grandiose qui ne m'était pas du tout inconnu. Je me redressai et vit Jules et Achlar qui flottaient au plafond.

— Mission accomplie, jeune homme ! annonça joyeusement le Roi mage. Vous avez su faire surgir une larme d'amour de ces yeux secs et durcis. Avez-vous été guidé par une illumination divine ou est-ce tout simplement le fruit du hasard ? Je ne saurais vous dire. Mais, ce que je sais, c'est que vous avez hors de tout doute sauvé cette âme de la Géhenne.

Saint Nicolas pointa Denis Quintal avec le bout de sa canne et, sous mes yeux ébahis, comme il l'avait auparavant fait avec les oiseaux, il métamorphosa le vieillard en garçon de douze ans, lequel se réveilla illico.

— Je ne serai plus jamais méchant et égoïste, affirma Ti-Cochon en levant vers le mage un regard ébloui.

— Tâchez de ne pas oublier cette leçon de vie, jeune garçon, répondit sévèrement Achlar. Maintenant, vite, à l'église !

Achlar, Denis et moi nous retrouvâmes tout en haut du clocher, où, immobile comme une statue de sel, un bout filtre de cigare entre les dents, Théo était penché à la tour du clocher pour observer le ciel. C'est donc lui qui montait au clocher pour surveiller le trafic aérien extraterrestre...

— Descendez et entrez par la grande porte, tous les deux, clama le mage. Grâce à vous, ce soir, le bonheur viendra sur les habitants de Champvert. Joyeux Noël à tous !

Et Achlar disparut alors en un minuscule point rouge qui s'éloigna à la vitesse de la lumière, tandis que Théo sortait de sa léthargie forcée et que le temps, tel un cœur, se remettait à battre. Je ramassai la canne de bois blond que saint Nicolas avait, par mégarde, échappée.

— J'ai vu le père Noël ! J'ai vu le père Noël ! nous cria Théo, victorieux, en cherchant à mieux voir le ciel avec la longue-vue qu'il avait à la main.

Denis et moi dévalâmes le petit escalier en colimaçon qui menait au clocher. La voix de l'orgue nous parvenait, entamant les premières mesures du *Minuit chrétiens*, une voix à laquelle se joignit celle, magnifique, du maire Joseph Quintal :

Minuit chrétiens
C'est l'heure solennelle
Où l'Homme-Dieu descendit jusqu'à nous

Nous empruntâmes la petite porte qui nous permettrait d'accéder à l'allée centrale de l'église. Le chant continuait, grandiose et émouvant.

Pour effacer
La tache originelle
Et de son Père, effacer le courroux

Nous poussâmes d'un coup les grandes portes du temple pour y entrer tous deux, côte à côte. Nous remontâmes lentement la grande allée en nous dirigeant vers le chœur. Tous les yeux ébahis des assistants étaient rivés sur Denis, et je captai au passage le sourire angélique de Marie-Hélène, laquelle me fit un petit signe de la main. Je repris alors le refrain d'une voix forte, que l'orgue me renvoyait enfin :

Le monde entier
Tressaille d'espérance
En cette nuit
Qui lui donne un sauveur

Jos Quintal, le visage inondé de larmes de joie, nous répondit aussitôt, bientôt accompagné de grand-papa, qui, la main autour de son épaule en signe de réconciliation, avait subitement retrouvé la voix en même temps qu'un ami :

Peuple à genoux
Chante ta délivrance
Noël ! Noël ! Voici le Rédempteur
Noël ! Noël ! Voici le Rédempteur

Épilogue

— Noël ! Noël ! Voici le Rédempteur ! chanta Pierrot Dostie d'une belle voix grave et forte, en ouvrant les bras d'exaltation sur ses chers souvenirs.

Il se tut, fixant le ciel au-dessus de sa tête. Ils s'en étaient tous les deux rapprochés, ainsi immobilisés au faîte du haut manège. De lointains applaudissements répondirent soudain à son petit concert improvisé. Casimir et lui se jetèrent un regard interrogatif, puis, d'un même mouvement, regardèrent en bas la petite foule qui s'était assemblée. Ils sourirent et la grande roue, subitement, se remit en marche alors que fusaient d'ici et de là des exclamations joyeuses et soulagées. Ils en débarquèrent sous les applaudissements, toute bonne chose ayant une fin.

— Vous n'avez pas eu trop peur, en haut ? demanda au grand-père un employé de la maintenance. Une demi-heure à cette hauteur, ça doit être terrible pour une personne âgée.

— On s'est amusés comme des petits fous ! répondit à sa place le garçon de onze ans en pouffant de rire.

— On fait un autre tour ? demanda le grand-père avec un sourire malicieux, appuyé à deux mains sur sa canne de bois blond.

Puis, se retournant vers l'employé éberlué :

— Vous nous devez bien un tour gratuit, mon jeune ami, avec cette vilaine panne. Mais faites-nous faire un vrai tour, cette fois-ci ; il ne faut pas décevoir mon petit-fils. Tiens, viens t'installer ici, Casimir.

— La cocotte a dû être drôlement inquiète de ne plus revoir monsieur Légaré en se réveillant ? demanda Casimir, une fois le manège remis en marche.

— Quand monsieur Légaré a disparu, son souvenir a aussi disparu de toutes les mémoires du village, mon garçon. Achlar faisait bien les choses.

— La cocotte a vraiment travaillé à l'hospice en sortant de l'hôpital ?

— Bien sûr, et ça, pendant des années ; Roberte était très appréciée des personnes âgées. Même monsieur Alphonse, le centenaire, a préféré être placé à l'hospice du curé plutôt que de continuer à se quereller avec sa fille.

— Et ton grand-père et Séraphin, ils sont devenus copains comme avant ?

— Ils ont chanté à l'église chaque semaine jusqu'à la mort du maire. Ils avaient fondé une petite chorale locale dans laquelle j'ai chanté moi aussi. Tu ne trouves pas d'ailleurs que j'ai une bonne voix ?

— Superbe ! approuva le garçon.

— Toi aussi, mon petit, ta voix a du coffre, comme on dit. Tu devrais en faire quelque chose. Tu pourrais devenir un futur Robin Canac !

— Oui, oui, répondit Casimir, agacé. Mais, grand-papa, tu ne m'as pas dit si vous aviez réussi un sauvetage d'âme, Jules et toi.

— La nuit même de Noël, nous avons eu droit à une petite visite éclair au pays des Lumières, soupira le vieillard avec mélancolie. C'était si beau, si grandiose... Le Maître des Lumières nous a félicités (surtout moi, d'ailleurs) et a ajouté trois âmes à notre crédit.

— Trois ?

— Trois : celle de Denis Quintal, évidemment, qui devint un ado obéissant et prévenant avec sa mère ; celle de son grand-père, Jos, qui se réconcilia avec sa belle-fille et avec Denis, lesquels ne manquèrent plus de rien à partir de ce moment. Sous l'effet du chant, Séraphin s'épanouit comme une fleur dans un champ vert...

— Ha ! Ha ! très drôle, reprocha Casimir sans le moindre sourire. Et la troisième âme, c'était celle de...

— ... Roberte, la cocotte de Champvert, compléta l'aïeul. Lentement, elle reprit contact avec son fils Gaston, qui lui en voulait terriblement de l'avoir abandonné.

— Théo, tu ne l'as pas sauvé, lui ? demanda avec surprise le garçonnet.

— Non, admit pensivement Pierrot Dostie. Fallait-il d'ailleurs le faire ? Nous ne l'avons jamais su. Mes amis et moi l'avions accusé de pleins de trucs, certains vrais, d'autres pas. C'était un type bizarre, en tout cas. Lui et ses fameux bouts de cigares...

— Ta canne, elle est magique, au moins ? demanda encore Casimir en caressant le bois blond que son grand-père avait rapatrié sur ses genoux.

— Pas vraiment. Ses pouvoirs, c'est Achlar qui les lui transférait. J'ai toujours espéré que mon Roi mage revienne chercher sa vieille béquille inutile, mais je ne l'ai jamais revu. Voilà quelques années, une certaine veille de Noël, j'ai même tenté de retrouver le cercle infini. Malheureusement, il ne m'a pas été permis de le retracer. Il est vrai qu'on ne franchit jamais cette zone par hasard...

Le tour de grande roue était terminé. Pierrot Dostie se sentait soudainement las. Casimir, soucieux de la fatigue de son aïeul, l'empoigna par un bras et le guida vers un stand de casse-croûte où l'on vendait de la barbe à papa, des hot-dogs, des pommes de tire et du maïs soufflé. Ils s'attablèrent avec des hot-dogs de saucisses de porc et des boissons fraîches.

— Ah oui, c'est vrai, dit soudain le vieil homme en hochant la tête.

— Qu'est-ce que Jules t'a dit, grand-papa ? s'informa aussitôt Casimir en cessant de mastiquer.

— Il veut que je te dise que ma canne a encore un certain pouvoir... commença-t-il en tapotant la béquille déposée sur la table. Bon, bon, d'accord, Jules, un pouvoir certain. C'est Jules qui l'a découvert, d'ailleurs, un jour de Pâques. Un pouvoir rigolo, et pas vraiment utile, si tu veux mon avis, d'ailleurs. Mais ça, mon garçon, c'est une autre histoire que je te raconterai peut-être un jour.

Casimir revint à son assiette, déçu, mais il ne restait plus de son hot-dog tout garni que le pain et les condiments. Il fronça les sourcils en voyant le gros cochon qui s'enfuyait sous les tables, terrorisant tous les autres clients.

FIN

Table des matières

Achevé d'imprimer
au mois d'octobre
de l'an 2007
sur les presses
des Imprimeries Transcontinental (Métrolitho)
à Sherbrooke (Québec)